兰丛新放

——首届绍兴新故事征文大赛优秀作品选

绍兴市文学艺术界联合会
绍兴市民间文艺家协会 编

浙江工商大学出版社·杭州

图书在版编目（CIP）数据

兰丛新放：首届绍兴新故事征文大赛优秀作品选 /
绍兴市文学艺术界联合会，绍兴市民间文艺家协会编 . —
杭州：浙江工商大学出版社，2021.8
ISBN 978-7-5178-4632-1

Ⅰ．①兰… Ⅱ．①绍… ②绍… Ⅲ．①民间故事—作
品集—绍兴 Ⅳ．① I277.3

中国版本图书馆 CIP 数据核字（2021）第 160324 号

兰丛新放——首届绍兴新故事征文大赛优秀作品选

LAN CONG XIN FANG
SHOUJIE SHAOXING XINGUSHI ZHENGWEN
DASAI YOUXIU ZUOPIN XUAN

绍兴市文学艺术界联合会 绍兴市民间文艺家协会 编

责任编辑 任晓燕

责任校对 张春琴

出版发行 浙江工商大学出版社

（杭州市教工路198号 邮政编码310012）

（E-mail : zjgsupress@163.com）

（网址:http : //www.zjgsupress.com）

电话:0571-88904980，88831806（传真）

排　版 绍兴市越城区元极广告咨询工作室

印　刷 浙江一方印业有限公司

开　本 710mm×1000mm　1/16

印　张 12

字　数 170千

版 印 次 2021年8月第1版　2021年8月第1次印刷

书　号 ISBN 978-7-5178-4632-1

定　价 68.00元

编委会

序/

※ 郁林兴

　　绍兴,离我的家乡上海枫泾,不过百十公里,但是,这区区百十公里,在我小时候,却是个很遥远的远方。打小起,常在家乡老人的口中听到这样一个词:绍兴师爷。那时我不懂这师爷是个什么角色,父辈们告诉我,诸葛亮就是师爷,这师爷啊,就是足智多谋的军师,就是帮皇上、知县出谋划策者。因为,绍兴就出这样的谋臣,所以,绍兴师爷是对很聪明的绍兴人的一个代称。由此,儿时的我就认定绍兴是一个很神奇的地方。

　　随着岁月的流逝,我慢慢知道,绍兴,确是一个文人荟萃之地:敬爱的周恩来总理,是绍兴人;文学大家朱自清,是绍兴人;明朝大儒王阳明,年少时生活在绍兴,死后也安葬在绍兴。

　　在我对绍兴有了肤浅的认知,想更深入地了解她、熟知她、感受她时,一场暴风骤雨般的运动瞬间按下了我正当如饥似渴学习文史的暂停键,不但一应史书全被扫进了垃圾堆,我也以所谓高中毕业生的身份走向了大有作为的广阔天地。那时,想找一本有趣的好书,简直是人生的奢望,但是,被誉为中华民族脊梁的鲁迅先生的书,倒是随处可见。就在那种景况下,我把鲁迅全集,包括他的小说、杂文、两地书,甚至日记,翻来覆去看了一遍又一遍。看得多了,慢慢地,鲁迅就成了我心中挥之不去的偶像,也可以说,先生看世事的视角和独特的文笔,已对我产生了极大的影响。

从他的全集中,我不仅学到了当时课堂上学不到的东西,还得知他竟然也是一位绍兴人。从他的文章里,我知道绍兴有个三味书屋,有个鲁镇,有个咸亨酒店,有个孔乙己,还有社戏……由此,我心中有个强烈的愿望,就是一定要到绍兴去,去看看鲁迅先生笔下的遗存,会会足智多谋的"绍兴师爷"。但在当时,绍兴离我是那么近,又是那么"远",是那样可望而不可即。

直到二〇〇二年,我才第一次来到了多少次出现在梦中的绍兴。当时,是我第一次带队外出"考察",我首选了绍兴。一干人走马观花,在古老的绍兴街区嬉耍,但我在鲁迅故里,这个被我的同伴们都说"没看头"的地方,足足停留了半天,虽然我招来了同伴们不少"怨言",但他们不知道,我的心灵,与鲁迅先生有了第一次真真切切的触碰。

后来,我几乎每年都会去绍兴,静静地走在绍兴的大街小巷,搜寻着我心中的记忆,倾听着商家音响里传出的莲花落,我更喜欢去咸亨酒店,坐在长板凳上,点一碟茴香豆,就着温热了的绍兴黄酒,体味着鲁迅先生笔下的风情……

也许真的有缘,去年,绍兴市民间文艺家协会主席李弘兄致电,说绍兴在举办首届新故事大赛,并把他们征集来的六十多篇作品发给了我,还说要组织一个改稿会,让我这个所谓故事名家抽空看一下这些初稿,到时在改稿会上与作者们说说修改意见。我本是一个故事人,别无他长,唯视故事如同至交,对于挚友的抬爱,我没有任何理由推托,故欣然应之。

其实,我早知道,绍兴地区虽然故事创作实力并不是很突出,但一些作者,在故事圈内还是有点影响的。像王鑫鸯老师的作品,曾获得过年度最受读者喜爱的中国好故事称号,并上过国家级杂志《民间文学》的"故事作家"专栏;像马苏亚老师,多次获得中国好故事荣誉;像袁孟梁兄,是小有名气的故事作者,发表过许多优秀的故事作品……实事求是地说,他们在故事创作上,还有较大提升的空间。在李弘兄发来的初稿中,我看到不仅有比较成熟的老作者的作品,更有出自新作者之手的作品。这些作品,虽然在情节设置、人物塑造、技巧手法、主题提炼等方面还略显稚嫩,但在选材上独具匠心,内容上包罗万象,语言上富有地方特色,让我感到十分欣喜。

其后,我应邀专程到绍兴参加了有五十多人出席的改稿会。在会上,绍兴市民间文艺家协会竟然正式聘我为顾问,还郑重其事地发了聘书,这一下拉近了我从儿时起就很向往的与绍兴的距离。我在微信上说,想不到有生之年我居然可算作半个绍兴人了。

作为半个绍兴人,我口无遮拦地对部分作品提出了修改意见。我深知自己的秉性,可能是受鲁迅先生说话"刻薄"的影响,在阐述意见时,根本不顾及别人的脸面。但是,作者们可能是出于对我这个所谓故事名家的崇敬,都非常虚心,甚至可说是极尽尊重。后来,我看了修改后的作品,发现大部分作者都采纳了我的意见。我知道,古往今来,都说文无定法,我的意见,也只不过是一家之言,不一定都对,但是,说实话,所有的修改稿,就凭我对故事的理解而言,应该是有较大提高的。

这里,我并不是在王婆卖瓜,我想说的是,一个文化品牌的打造,并不是一蹴而就的,更不是蜻蜓点水似的弄个花架子就能成功的,而是需要组织者沉下心来,一步一个脚印去做,更要有十年磨一剑的恒心。绍兴民间文艺家协会,为了故事,正在努力这样做,是在用心抓故事创作。

据我了解,这本《兰丛新放——首届绍兴新故事征文大赛优秀作品选》的出版,仅仅是个开端,他们将以每两年一届的比赛,持之以恒地开展下去。如果真如此,绍兴故事必定在不久的将来,跃上一个崭新的台阶,故事作家、名家大家,也必将在这里诞生。这不仅将为绍兴这座文化名城赋予新的文化内涵,对中国新故事的繁荣和发展,也是一件功德无量的大好事。

(作者系中国民间文艺家协会故事委员会副主任)

目　录

寻找中国龙

中国龙,去哪里找一条中国巨龙?这些天来,杨静的脑海里一直纠结着这样一个问题。

她在歌剧团当了十年团长,大大小小的演出经历过无数次,但这次去罗马参加中意艺术节依然让她感到意义非凡。因为这次团里准备的节目正是意大利著名作曲家普契尼的经典歌剧《图兰朵》。这位天才艺术家,用自己瑰丽的想象,为西方人讲述了一个中国的传奇故事。选择这个曲目去意大利演出,既是对普契尼的致敬,更希望借此机会促成中西文化的再一次碰撞。

演员排练、道具筹备、办理签证……一切都进行得很顺利。可就在离艺术节开幕不到一个月时,意大利方面传来消息,演出将从原先的皇家歌剧院转到开阔的罗马人民广场,这样一来,原先制订的舞台布景方案就用不上了。团里几位主要负责人开会商量后,想出了一个权宜之计——用一条中国龙作为新的背景,既突出鲜明的中国特色,又能大大节约搭建布景的时间。这办法听起来不错,但问题是必须找到一条"巨龙"。虽然舞龙是中国民间非常普遍的活动,但是,由于受到表演场地的限制,最常见的龙是灵活矫捷的九节龙,而作为在罗马人民广场上展现的中国龙,要凸显恢宏气势,起码得是二十七节的"巨龙",这样的龙非常少见。如果特意为演出重新制作一条,不仅工匠难找,而且工期太长,杨静等不了。

为了尽快找到巨龙,杨静打电话到全国各个舞龙队询问,又在网上、朋友圈发帖咨询,却始终没有进展。艺术节开幕迫在眉睫,杨静急得做梦都在找龙。这天,有个当记者的朋友告诉她,曾经在浙东某个小村子的一处老宅院里,见过一条二十七节的布龙。朋友还给她发来了照片,照片里的布龙保存得非常好,龙身色彩鲜艳,一双怒睁的龙眼,炯炯有神,口含金色龙珠,熠熠生辉。

杨静大喜过望,向朋友要了地址,带上行李就赶往当地。下了火车,又上了出租车,可是,赶到那儿一看,哪有什么老宅,只有一片焦土。杨静疑惑不解,刚好有个当地的老人路过,她赶紧拉住了问。

"哦,这是何老三的宅子,一个月前,因为电线短路,起了大火,这不,东西都烧光啦。"老人一脸惋惜地说。

杨静的心顿时凉了半截,问道:"听说老宅里有一条二十七节的布龙,是不是也烧毁了……"

"哦,那条龙啊!"老头咧了咧嘴说,"何老三当时什么贵重物品都顾不上拿,就拼了命把库房里的这条布龙给拖了出来。龙身太大,他进进出出跑了好几趟,劝都劝不住,胳膊都被烧伤了,幸好后来消防员来了。大伙儿都说他为了这条布龙,命都不要了。"

听到布龙没有毁于大火,杨静如同在暗夜里看到了一丝星光,忙问老头这条布龙现在在哪里。老头告诉她,火灾后何老三一直住在邻村的女儿家。

此刻,天色已晚,杨静回城里找旅店休息了一晚。第二天一大早,她按照老头给的地址,找到了何老三的女儿家。

这是一间簇新的楼房,院子的大铁门刷着朱漆。应门的是一位三十来岁的女子。杨静跟女子说是来找何老三的，女子笑眯眯地说："我是她女儿何菲菲，我爸去镇上了，你先进来坐吧。"

杨静跟何菲菲进了院子，心里挂念着布龙，开门见山地问道："请问，你父亲是不是从火灾里抢救出来一条二十七节的布龙？那龙在不在这儿？"

一提到布龙，原本满脸挂笑的何菲菲，面色有些阴沉，说道："你打听这个干吗？"

杨静赶紧说明自己的来意："我的歌剧团下个月要去意大利演出，缺少一条能当舞台背景的巨龙，我找遍了全国也没找到合适的，听说你父亲保存着这样一条巨型布龙，所以就很冒昧地找来了……"

何菲菲稍稍缓和了语气，说："唉，我一直觉得我爸傻，守着那条布龙，一个人在老宅子里住了几十年……没想到你和他一样，心里只有龙。"

杨静又问："这条布龙，能让我看一下吗？"

"跟我来吧。"何菲菲说着转身朝车库走去。

拉开车库的卷闸门，杨静看到一条巨大的布龙堆在地上。和一般的九节龙相比，二十七节布龙的骨节更加宽大结实，一条龙几乎占了大半个车库。只是原本金红色的龙身，经一番烟熏火燎后，本色难辨，很多地方还露出了里面焦黄的竹篾制成的骨架，而龙头更是损毁严重。

"这样的龙，怎么能做成华丽的舞台背景？"正在杨静皱眉想这个问题时，何老三回来了。他六十出头，头发剃得很短，胳膊上缠满了纱布，原来他是去镇上的烧伤医院换药了。

听说杨静要借巨型布龙去国外表演，何老三惋惜得直跺脚："我做梦都盼着这条龙有露脸的机会再风光一把，你怎么不早一个月来呢？现在龙成了这样……可惜啊可惜！"

杨静也是一脸懊恼，可天下哪有"早知道"这回事呢？

何菲菲不以为然地说："爸，这龙烧成这样，在哪儿都露不了脸，堆在车库里还占地方，车子却只能停在路边，丢了算了！"

何老三眼睛一瞪，说："你懂什么，这条龙意义非凡！当年为了庆祝中华人民共和国成立，全县举行舞龙大赛，各村一百零八条劲龙一决高低，最后是这条巨龙拔得头筹。你爷爷当时才十七岁，是最年轻的龙头手，他和这条龙，为村里争了光。后来，舞龙一度沉寂，村里舞龙人越来越少，但是，这条龙你爷爷始终舍不得丢，他临死前叮嘱我一定要保管好布龙。"

何菲菲听父亲这么说，理解了父亲的苦心，说道："爸，杨团长想把龙带去国外，在国际舞台上展现龙的雄姿。你快想想，还有什么办法，可以解杨团长的燃眉之急。"

"现在制龙作坊不多，这种大型布龙一般人也吃不消做，不过有个人或许能帮上忙。"何老三沉思良久，忽然眼睛一亮说道。

"是谁？"杨静忙问。

"陈阿公。他曾经是当地最厉害的制龙高手，只要他肯出手修复这条龙，你去意大利表演，绝对没问题。"何老三说道。

"为什么说'曾经'？"杨静敏锐地问。

何老三一边带着杨静去找陈阿公，一边向她解释："陈阿公和我父亲是好朋友，我父亲舞龙一绝，他制龙技术一流。可是有段时间，制龙舞龙的人，没少挨斗，陈阿公制龙被发现一次，就挨一次斗，后来他索性一发狠，拿篾刀把自己右手的四个手指剁了，说从此再不制龙……"

半个小时后，两人到了陈阿公家。陈阿公已经八十好几了，清瘦的脸庞上已经满是皱纹，不过精神矍铄，说话中气十足。听说让他修复残龙，他那只剩下一根大拇指的右手摆个不停，说道："阿三，你是知道的，当年那些事太伤我的心了，我发过誓，再也不制龙了。"

"你心里的委屈我当然懂，"何老三顿了顿，继续说道，"陈阿公，你还记得你和我父亲的那个约定吗？"

陈阿公的眼睛闪了闪说："唉，怎么会忘呢！"原来，陈阿公当年一时意气用事，自残右手，事后却也深深后悔，经常借酒浇愁。何阿三的父亲为了鼓励他，就和他约定，等舞龙之风重振的那一天，他们要合作一把，制作一条最亮眼的布龙，设计一套最矫捷的舞龙动作，强强联手，让更多人见识布龙的风采。

何老三眼眶有点红，说道："现在，时代变了，政府鼓励我们舞龙、制龙，舞龙之风再次盛起，可惜我父亲去世太早，没了这个机会。陈阿公，你要是肯亮绝活，修好那条二十七节布龙，也算是实现了和我父亲的约定。"

陈阿公摇摇头，说道："当初和你爸约定，我制龙，他舞龙，可现在你爸人都不在了，还怎么让这条龙重现风采啊？"

何老三指了指杨静，说道："这位杨团长不仅能让布龙重现风采，还能让这条龙飞去国外！"

看着陈阿公疑惑的目光，杨静从背包里掏出设计好的舞台效果图，图中，一条中国巨型布龙，盘旋在罗马人民广场上。

"陈阿公，龙是最能代表中国的图腾，把布龙带去国外的舞台，就是向世界展示中国的文化啊。"杨静说道。

这时只见陈阿公浑浊的眼中慢慢有了神采，他转身走进房中，过了一会儿，背着一个工具箱出来了。箱子里，篾刀、滚刨、刮片、圆凿等工具，每件都颇显年纪，但打磨得光亮锋利。其实一直以来，陈阿公从没放弃过制龙这门手艺和心愿！

杨静还是有点不放心，问道："阿公，你的手……"

陈阿公呵呵一笑，竖起残存的那根大拇指，笃定地说道："虽然我的右手只有这一根手指头，但绝对耽误不了干活。"说着，他转头对何老三道，"走，带我去看看你的布龙。"

何老三笑着在前面带路，陈阿公紧随其后，杨静则欣喜地跟在两位老人的身后。三个龙的传人，朝着日出的方向快步走去。

半个月后，罗马人民广场上，一条巨型中国龙在夜色中盘旋而起，二十七节龙身，五彩斑斓。随着《图兰朵》雄壮的音乐响起，镶嵌在龙身各节处的电子红烛同时点亮,在夜色中耀眼夺目,犹如真龙凌空飞舞。广场上,掌声雷动,观众们仰头高呼:"快看啊,中国龙,腾飞的中国龙!"

（文/梁　易）

兜　底

　　一早,达丰律师事务所的大门刚打开,就进来了一位衣衫褴褛、步履蹒跚的大伯。大厅服务台的工作人员迎了上去,问有什么需要帮忙的。"同志,我要请一名律师,我要打官司。"大伯急急地说。"那你看一下律师花名册,你要请哪位律师,我给你安排。"工作人员很热情地介绍。"你们是本地有名的律师事务所,请律师的价应该不便宜吧?律师费能不能欠一下,等我把钱筹齐了再交可以吗?"大伯说话的口气缓了下来。工作人员笑着拒绝了他,说律师费是根据案子来定的,要先交钱才能受理,说着把收费标准递给他过目。大伯端详了一会,说:"我现在只有四百元钱,等官司打完了我再补交好吗?"大伯怯声怯气,几近哀求。

　　这个时候,王律师听到声音,再也坐不住了,他从办公室里走了出来,一边打量着大伯,一边对他说:"你进来吧,我先了解一下你的案情。"终于有律师接待他了,大伯感激地连声说"谢谢"。

　　王律师把大伯请进了办公室,给他倒了一杯水,然后听他把案情讲完。原来,大伯是横上村人,他的邻居就是村支书。最近,村支书的老婆在村子里到处散布谣言，说大伯偷了她家桌上的六百元钱。刚开始，大伯还丈二和尚摸不着头脑，不知道是怎么回事，后来直接去问了，才知道那天他到过村支书家后，桌上的钱就不见了，大伯百口莫辩，想找村支书解释，但村支书外出开会还没回来，村支书老婆又不依不饶，一口咬定是他偷的，就这样与村支书老婆大吵了起来。这个事整个村都传遍了，大伯走到哪里都被人指指点点，人前人后抬不起头来。大伯下定决心要还自己一个清白，这才毅然走进了达丰律师事务所。

"王律师，请你相信我，我真的没拿，你一定要为我申冤啊，我活了这把年纪，还没这样被人诬蔑过，对我来说名节胜过金钱啊，你要帮帮我。"大伯说完已是眼泪汪汪，好像忍受了很大的委屈。

"我相信你，我做你的委托代理人，律师费我先垫付。这其实是一件小事，大家乡里乡亲的最好不要对簿公堂，我明天上村里，了解一下情况，再定吧。"王律师一边安慰大伯，一边劝他先回去。大伯见王律师答应了，就千恩万谢地走了。

第二天，王律师来到大伯的村庄。这里依山傍水，风景秀丽，村里零星地散布着一座座青色的瓦房。大伯的家在哪里？他进村问了一位大嫂，大嫂很热情，怕他转几个小弄堂就找不到了，便亲自一路陪同。途中，王律师顺便打听了大伯家的情况，话题就聊开了。

"你是他的远房亲戚吗？你要好好地劝劝他，他这个人很想不通，企业退休金每个月将近四千元，日子却过得很节俭，很吝啬，每天还要起早摸黑地捡垃圾赚钱，他一个孤寡老人，没儿没女的，不知道要那么多钱干吗。最近还听说他偷了隔壁村支书家的钱呢，真是想不到啊！"王律师听了大嫂的一番话，笑着不作声，寻思着这事好奇怪，昨天大伯来律师事务所登记的时候，律师费也付不起，穷得可怜，怎么会有退休金呢？难道是大伯故意骗我们的？还是另有隐情？

王律师走进大伯的家，打量了一番，只见家里干净整齐却很简陋，看不出是个退休工人的家庭。大伯早等着了,见王律师到来,连忙迎了上去。王律师把案情的经过又仔细盘问了一遍,最后两个人商量一起去村支书的家里再了解一下情况。

村支书的老婆见大伯带了个陌生人来到她的家里,很不客气地说:"偷了我家的钱,还到我家里来干吗?这几天村支书去县城开会还没回来,你们请回吧!"说着毫不留情打了一个送客的手势。"我是这位大伯委托的王律师,有些情况我想再次确认一下,请你理解。"村支书的老婆看着眼前的这位律师,怔了一下,想不到这个平时老实巴交的老头,为了这么点小事居然大动干戈请了律师,着实让她很意外。

"你为什么断定是他偷了你家的钱,有什么证据吗?这里面会不会有什么误会?"王律师说话的语气很和蔼,他知道自己是来和解,不是来恶化矛盾的。"那天只有他来过我家,找支书帮忙办事,不是他拿的还有谁会拿?这还要什么证据?"村支书老婆的态度很强硬。

"他到过现场,但也不能完全证明钱是他偷的,假如是诬蔑,他的名誉受到损害,您是要承担法律责任的。"王律师刚说完,门外进来一位中年男子,村支书老婆立马迎了上去,声色俱厉:"你总算回来了,那天他来找过你后,桌上的钱就不见了,明明是他偷的钱,现在却反过来请了律师要告我诬蔑,这算什么天理啊!"原来是村支书开会回来了,他老婆的气焰更嚣张了。

"桌上的钱是我拿的,我响应党的号召,捐款去支援疫情防控了。你啊,真糊涂。"书记一边责问他老婆,一边又忙着向大伯道歉。"你这个死鬼,那天电话中问你,你说不知道钱的事啊!害得我冤枉了人家。"书记老婆说着脸红到了耳根,也忙着跟大伯说"对不起"。

书记一家人歉也道了,错误也承认了,王律师劝大伯这个事就这样过去算了,没有必要再计较了,都是隔壁邻居抬头不见低头见,搞好邻里关系最重要。"我冤啊,现在村里人都认为我真偷了支书家的钱,见我都是唯恐避之不及,我以后怎么做人啊!"大伯苦拉着脸,有点不情不愿。

"这个事好办,应该恢复你的名誉,我现在就去村广播室,把这个事说清楚,你们等着。"村支书说完,就奔出了家门。

正当广播反复讲述着这件事的时候,村支书的儿子回来了。他一进门见有客人在,又听到父亲在村里广播,觉得诧异,忙问:"你们葫芦里到底卖的什么药?这个钱明明是我拿的,我以为是给我的生活费,我拿了就回学校了,现在为什么要去村里这样广播?""啊?真的?"大家不约而同地惊了起来。

村支书广播完回来了,他老婆迎上前笑着说:"看你说谎不打草稿,现在清楚了,钱是我儿子拿的,你还理直气壮说是你拿了,你什么用意?""看你这火暴脾气,不说是我拿的,你能善罢甘休?再说了,我是绝对相信大伯的,他做了一辈子的好人,这次新冠疫情他个人捐的款最多,因为他的善举在大会上我们整个村都被表扬了,我对你说谎是社会和谐的表现呢。"村支书说着哈哈大笑起来。

这到底是怎么一回事?王律师一头雾水。原来,多年来大伯一直在帮助很多贫困的孩子,他每月只留下六百元的生活费,其他剩余的退休金和捡垃圾卖的钱都用在贫困孩子的身上,却从来不曾向谁说起。这次新冠疫情暴发,他又通过村支书把仅有的两万元积蓄全都捐了出去,但大伯万万没有想到,为捐款的事去了一趟村支书家,却无故闹出了"小偷"的风波。

王律师这才明白,大伯每月拿着退休金明明可以过上安逸舒适的日子,现在为什么会过得如此"贫穷"。霎时间,眼前这位大伯的形象像这村庄依着的山一样雄伟。

（文/马苏亚）

考　验

　　自从丈夫吴大明升任某单位一把手后，谢小洁心里就绷紧了一根弦，似乎再用点力气这根弦就会被拉断。

　　这天傍晚，她做好饭坐在布艺沙发上等待丈夫，越等越焦急。她捡起手机看了看时间，又随手扔下，嘟嘟囔囔着："都什么人啊，到现在还不回家。"过了一会儿，谢小洁听到锁孔里传来钥匙转动的声音，忽然紧张得不知所措，攥紧了拳头。随后，她一个劲地鼓励自己冷静点。直到丈夫进来后，兴高采烈地喊着"老婆，我回来啦"，她才下意识地站起来，准备去厨房把饭菜端出来。刚迈出两步，她便停住，回头看看丈夫，很不自然地抛出媚眼，说："你回来了，我去端饭菜。"

　　见到这番情形，吴大明像被电击了一下，打了个战，来不及放下公文包，便围着老婆转了一圈，寻思起来。

　　谢小洁心里有些忐忑，眼巴巴地看着丈夫，问道："你这么看着我干吗？"

　　吴大明不假思索，直截了当地说："你今天这样反常，让我心里很不踏实。"

　　谢小洁不服气，反问："我反常了吗？是你自己反常了吧！"

吴大明虽然没有争辩，但心里明白老婆肯定反常，又捉摸不透一向耿直的她为何反常。想想平时，都是自己热脸贴她的冷屁股，要哄着她、护着她，还要被她数落。他放下公文包，慢条斯理地说："反常，平时你都是一声令下，我去端菜、盛饭，可你却说为我烧菜做饭，简直就是免费保姆，好像我欠你一大笔债，今天你这个样子，凭我的经验和职业敏感，肯定有问题，无事献殷勤，非奸即盗。"

吴大明这话让谢小洁心里非常不爽，立马变脸，随后装作生气的样子说："这么说来好像我要勾引你似的，你不要老是职业敏感，看到谁热情点就觉得要来巴结你了，你是我老公，我犯得着勾引你吗？你要这样污蔑我，我告诉你，晚上请你搂着枕头睡觉。"

僵持了一会儿，吴大明还是先妥协，连忙给老婆戴高帽子，息事宁人。待谢小洁平静下来后，他又说："你这一换频道，我还真有些浑身不自在，你最好还是调回原频道，我犯贱，习惯了，有事直接说吧。"

谢小洁满不在乎，哼了一声，说："你这个人还真是犯贱，给你点好脸色，还疑神疑鬼！我有什么事情呢？就算有事情，难道我还犯得着求你帮忙？"

听到这里，吴大明绷紧的神经松弛了下来，在饭桌旁落座，尴尬地笑笑，说："吃饭吃饭，没事就好，我又让老婆大人不高兴了，我也不是故意的，给你赔不是了，请你多多包涵。我是你老公，就算我做错、说错，你也要包容我。"说完，他拿起筷子，准备吃饭。老婆手里的筷子忽然压过来，说："话还没说好呢！"他松弛的神经又忽然绷紧，说："你这样一惊一乍要吓死人的，有什么事情还是直截了当地说吧，你这么直爽的人，怎么也变得这般婆婆妈妈！"

谢小洁反而犹豫起来，思索了片刻，又一脸妩媚地说："老公，还是你聪明，我什么也瞒不了你，这么说吧，今天我要告诉你一件喜事。"

吴大明哭笑不得，抬手拍了拍心口，说："老婆，你真是会玩，有喜事也绕这么大个弯子，想把人整出心脏病来？"转念一想，又觉得不太对劲，喜事还用这么遮遮掩掩？事情肯定没有这么简单，又保持起警惕，问道："难道组织找你谈话,要提拔了?"

谢小洁不屑地说:"什么呀,你想哪儿去了,真是个官迷,难道只有提拔才是喜事?"

吴大明越发糊涂,一头雾水,问:"老婆,你今天真是反常,你到底有什么事情?别这么婆婆妈妈的,爽快点,急死人了。"

谢小洁只好说:"好吧,爽快点,我爸爸的那个好朋友方叔叔,你还记得吧?"

吴大明连忙点头说:"记得。"

于是,谢小洁说:"事情是这样的,方叔叔的儿子在你们下属单位公开招考中,笔试通过了,过几天要去你们下属单位参加面试,托爸爸来说个情,这件事情希望你能帮个忙。"

吴大明说:"笔试通过是好事情啊,确实是喜事,能参加面试了,机会就很大了。"

谢小洁说:"机会是大的,但是竞争也很激烈,所以想请你帮个忙。"

吴大明狐疑地看着妻子,反问:"我怎么帮?"

谢小洁说:"请你跟下属单位打声招呼。"

吴大明闻听,头摇得跟拨浪鼓似的,连说不行。

谢小洁皱了皱眉头说:"你就打声招呼也不行吗?"

吴大明苦着脸,接过谢小洁的话说:"老婆,这个真不行,你晓得的,我身为单位一把手,'三不管'的组织原则必须遵守,人事招考这件事,我不能插手,我的性格你懂的,绝不会掺和舞弊,不要说打招呼了,我还要履行好我的职责,监督做好招考过程中的公平公正。"

谢小洁停顿了一下,又问:"没有商量的余地吗?"

吴大明坚定地回答:"没有!"

谢小洁听后,心拔凉拔凉的,说:"方叔叔是爸爸最要好的朋友,曾经帮过我们家不少,你不给方叔叔面子,总得给爸爸面子吧。"

吴大明拉着妻子的手说:"老婆,不是我不想帮忙,是真没办法帮这个忙,请你理解我,既然组织信任我,把权力交给我来保管,我就得管好才行啊。我作为单位的一把手,怎么可以带头违背组织原则呢?"

谢小洁有些烦躁起来,说:"好你个吴大明,跟着你真是累,你看看,以前朋友托事情,你说没能力帮忙,我也认了,现在有能力了,又拿组织原则来做挡箭牌,朋友已经被你得罪得差不多了,再这样下去,以后我们出门还有朋友吗?今天这事你给个定数,到底帮不帮?"

吴大明还是很坚定地回答:"不帮",然后祈求说:"老婆,请你理解我。"

谢小洁说:"你真是块茅坑里的臭石头——又臭又硬,连自己老婆的面子也不给了。"

吴大明委屈起来,说:"老婆啊,我怎么敢不给你面子呢?你愿意我不遵守组织纪律、不守住原则底线吗?"

就此,夫妻不欢,陷入僵局。夜晚,吴大明躺在床上,心里很是懊恼,生活就这么无聊,平地起惊雷,莫名其妙就陷入僵局。他几次伸手去抚摸老婆,想示好缓和一下紧张气氛,都被无情地打回来。后来,谢小洁索性问:"你是要原则还是要老婆?"

吴大明左右为难,说:"这是什么跟什么,怎么好这么选呢?你讲点道理好不好?"

谢小洁固执起来,说:"女人就是不讲道理的,你要是不帮这个忙,不给这个面子,咱在娘家丢不起这个脸,我过得这么一点地位也没有,离婚算了。"

这话吓得吴大明打了个哆嗦,说:"好好,不谈这个事,先冷静冷静,冲动是魔鬼。"

谢小洁铁了心,说:"谁跟你冲动啊,你选好,要是茅坑里的石头——死硬,我明天回娘家,不会回来了。"

一夜无语,第二天早上,两人也是不欢而散,各自去上班。晚上下班回家,吴大明一下子蒙了,家里黑灯瞎火,果然不见妻子,把他急得不知道怎么办才好。他晓得妻子脾气不好，没想到这次不好到这个程度。思量过后，觉得解铃还须系铃人，只得硬着头皮往丈人老爹家赶去。

到了丈人老爹家，谢小洁果然在，一脸阴冷，问："你来干什么？"

吴大明支支吾吾了半天，跟谁也解释不清，成了"不受欢迎"的人，最后只得埋头抽闷烟。丈人老爹见状，碰了碰他，示意他到一边去。于是，他跟丈人老爹走到阳台上，向老爹讨教妙计。丈人老爹说："你这个人真是个榆木疙瘩，连哄哄老婆都不会？你老婆求你办个事，你就答应她还不行吗？"

吴大明哭丧着脸说："丈人老爹，你是老领导，比我还清楚，权力是把双刃剑，用过了会伤着自己，心有不纯，这权力放出原则的笼子就成了魔兽啊。"

老丈人看了看女婿，点了点头，拍了拍他的肩膀，说："那个原则是对别人的，自家人还讲什么原则呢？你这个人死脑筋，不就打声招呼吗？你看看，老面子都没了。你要这样执迷不悟，我们也帮不了你。"

吴大明心里拔凉，暗自叫苦。事已如此，也只得硬着头皮依了老婆，总不至于为了这事真闹离婚吧。于是，他低着头，又回到屋里，在妻子旁边坐下，继续闷声不响地抽烟。

谢小洁看看丈夫，问："你这样犟得像头牛，会有结果吗？"

吴大明无奈，说："我脾气再牛，也顶不过你。"

"这么说，你是要答应我了？"

吴大明继续闷声不响。

谢小洁点了点头，平静地说："吴大明，我没有看错你，你能经受住这份考验，确实不容易。"

吴大明惊愕，问："这么说，这事是编造出来吓唬我的？有你这样拿老公开玩笑的呀？简直要把人的心脏病吓出来。"

谢小洁不慌不忙、不紧不慢地说："考验这一关你算是过了，不过忙还得帮！"

吴大明又紧张起来,问:"这么说,还得帮忙?"

谢小洁很坚定地说:"是的!"

吴大明既紧张,又为难,继续苦着脸,不敢接话。

谢小洁说:"我寻思过了,这个忙应该帮,所以,你也不要回避。"

吴大明说:"这违反原则的事情,我还真不能帮,越是亲戚朋友,越不能帮,帮了对组织纪律没法交代。"

谢小洁碰了碰他,说:"你这么聪明的人,怎么就被这么点小事给卡住了呢?"

吴大明一脸茫然地看着妻子,脑子里迅速转了好几圈,也没理出头绪。

谢小洁抬手,用指尖戳了戳丈夫的脑袋说:"你这里可以帮这个忙的,你这个一路考上来的考霸,连这个弯也转不过来?我真实的希望,是让你帮助方叔叔的儿子去做一下面试的考前辅导啊,这违反组织原则吗?"

吴大明豁然开朗,顿时如释重负,憨厚地笑起来,抬手拍了拍自己的脑袋。

（文/朱　曼）

英明的“处罚”

一

这次,戴子凡是打的来公司的,八点零八分,还是迟到。

今天,董事长兼总经理周正刚站在大门口,像在等候似的。而以前,每当这个时候,他是站在二楼的走廊上,居高临下。戴子凡红着脸,怯怯地喊了声“周总”。周正刚没有应答,只是点了点头、摆了摆手,示意他去办公室,眼神却颇为复杂,既流露出父亲般的关爱,又夹杂着公司领导人的威严。

根据公司的规定,试用期内一个月迟到三次,将做辞退处理,戴子凡已达到这个“指标”。上午,周正刚要去参加垃圾分类的会议,临行前,他打开微信,向戴子凡发了一条信息:傍晚下班前十分钟,来我办公室。

二

这是一家环卫保洁服务公司,主营道路清扫,以及垃圾清运和处理。周正刚在部队服役十六年,那年转业,他不要求政府安置,自主择业成立了这家公司,经过十多年的打拼,如今有员工六七百人。规模扩大后,事务也多,体力和精力都不如当初,需要配一名文员来协助工作。就这样,人力管理科的小张去了劳务市场,招来了戴子凡。

戴子凡是本地人,从出示的高校录取通知书得知,读的是环境保护与管理专业。据他自己说,下半年大四,出于疫情等多种原因,学校同意学生找单位去实习、工作,也就是说,不用去学校了。

周正刚记得,戴子凡报到那天是八月一日。他中等个子,五官端正,两眉间长着一颗红痣,格外醒目。按照惯例,新进的办公室人员试用期为三个月,先去环卫所、修理车间、垃圾填埋场等一线轮岗锻炼,每个部门三至五天。其间,部门负责人对戴子凡的评价是:虚心好学,不怕苦累,责任心强,能按时上下班,处理事情思路清晰,有较强的管理能力。

轮岗结束,戴子凡向周正刚提交了《关于环卫职工文明作业的思考》《填埋垃圾减量的几点意见》等几篇实习报告。

周正刚看了后,觉得针对性强,可操作实施,就在个别地方修改了一下,签了字,以公司的名义发了文。戴子凡年轻,有较好的分析能力和表达能力,正是公司所需要的,好好培养,不用几年,定能成为得力助手,周正刚心里乐滋滋的。

三

第二天早上,戴子凡迟到了。

周正刚军人出身,十分讲究时间和纪律,把不迟到、不早退列入员工考核的行为规范,不管是谁,违反了都要受到相应的处罚。那次,周正刚把戴子凡叫了过来,做了提醒,着重指出了试用期迟到的后果。谁知,只隔了一天,戴子凡又迟到,而且迟了二十多分钟。

公司有食堂,中午办公室人员吃的是快餐。那天,戴子凡把快餐打了包,出门就去赶公交了,回来也是坐公交。

轮岗时"按时",现在接二连三迟到,是不是遇到要紧事了? 周正刚问了,戴子凡一个劲地摇着头,说早上是睡懒觉,中午是玩手机没看时间,以后一定会注意的。戴子凡回答时眼盯着墙角,神态有几丝慌乱,一看就明白他没有说实话,每个人心中都有秘密,周正刚没有追问下去,只是再次提到了公司的规章制度。

四

早些时候,周正刚曾打算让女儿周盈进公司的,但周盈喜欢治病救人,卫校毕业,去人民医院当了护士。昨天,她没上夜班,晚饭后与周正刚一起来公司了。楼梯的转角处,张贴着公司员工一览表,周盈停下看了一会儿,指着一张照片问老爸:"这是新来的?叫戴子凡?"

周正刚眼睛一亮,问道:"你认识?"

周盈回答道:"他母亲是我的病人啊,做了妇科手术,再过几天就可以出院了。对,那天中午他母亲做核磁共振,就是我与他一路陪护着的。"

周正刚又问:"你没看错?"

周盈调皮地反问道:"老爸,这颗美人痣不是说有就能有的啊!"

戴子凡的母亲姓杨,农村来的,朴实、节俭、会吃苦,手术后居然没请护工。有其母必有其子,戴子凡一下班就赶到医院,服侍起来比护工还要耐心,对于这样的儿子,病房里的人眼热得不得了。

医院开展"护理一名患者交一位朋友"的活动,周盈有空的时候,就与杨阿姨聊家常。本来,她家的生活在村里还算好的,六七年前,戴子凡的父亲患了绝症,辗转了多家医院,最后还是走了,欠了一大笔债。杨阿姨给别人包装袜子,她的病有些年了,这次实在拖不下去了,借债来了医院。出院后,还要休养一段时间,而戴子凡读大学,每年需两万多元的费用,家里这个现状,他准备休学去工作了。

"什么?不去学校,是他自己的决定?"周正刚问道,语气有些急促。

周盈回答:"是的。上半年新冠肺炎疫情暴发,学校无法正常开学,好多课程要拖到大四去上。母子俩,一个想去工作,一个想让他去上学,为此争吵了好几次呢。"

五

那天晚上,周正刚迟迟无法入睡。

公司在城东,医院在城西,从母亲的病床前赶过来,十多里路,又舍不得打的,坐公交车怎能不迟到?年轻人进新单位要脸面,不肯说出真情来,完全可以理解。他为戴子凡所拥有的责任心和孝心而赞叹,又为他的处境感到惋惜。这样的家庭,旧债加新债,休学意味着退学,如果再坚持一下,就能学业圆满,顺利拿到毕业证书了。

现在,戴子凡是公司的人,作为老总,说什么也不能让自己的员工放弃学业。

周盈说,明天早上,杨阿姨要检查好几项内容,需要戴子凡在一旁帮着,上班不一定会准时。假如迟到,那就满三次了,他对公司的处理会是怎样的反应呢?周正刚要看一看他的表现。

果然迟到,还是花"重金"打的赶来!

快下班时,戴子凡如约前来,周正刚指着桌上的规章制度,说道:"明天起不用来上班了,该做什么,就做什么去吧。"

这个结果,戴子凡是预料到的,但此时,他胸脯起伏着,眼睛还是有些酸涩。有话要说,犹豫了一会,还是说了:"周总,我去买一辆电瓶车,以后不会再迟到了,能不能……"

周正刚做了个打断的手势,说道:"没有讨价还价的余地,这是制度。我跟财务说了,明天上午,工资会打到你的卡上。"

戴子凡出去了,周正刚暗暗注视着他的举动:楼梯转角处,他放慢脚步,抬头看了看员工一览表;回到办公室,关了电脑,整理了资料,整齐放在桌上;弯腰捡拾起一片掉在地上的纸屑,丢进垃圾桶;走到门外,轻轻关上办公室门,转动了几下把手;低着头走向大门,走到外面的马路上,忽然转过身,望了望公司大楼,目光中充满了依恋和不舍。

六

次日,经医院同意,戴子凡的母亲可以出院了。上午十点多,母子俩正收拾着东西,戴子凡的手机"咚"一下,来了短信。他点开一看,急急地对母亲说:"妈,三千工资变成了三万,多了一个零,我要去银行一趟,肯定是公司财务打错了。"

"没有错!"是周正刚的声音。

戴子凡回头一看,见周总提着一只水果篮,小周护士捧着一束鲜花站在门口,笑盈盈地望着他们。小周护士走了过来,把鲜花送到杨阿姨手中,指着周正刚说道:"这是我爸爸。"

"周总……"戴子凡像撒谎被揭穿的孩子,一脸的紧张。

周正刚把水果篮放到柜子上,拍了拍戴子凡的肩膀,说道:"马上要开学了,安心上学去吧,你妈有什么事,多与小周联系就是,要说清的,是公司送你去读书的。"

戴子凡曾多次在母亲面前提到周总,昨天回来,把被辞退的事一五一十告诉了她。母亲总是记挂着读书的事,这些天来,在小周姑娘的细心照料下,身体恢复得很快,说出院后自己可以去包袜子。没想到,小周姑娘与周总是父女,更没想到,公司负担了儿子读书的费用。母亲激动了,她紧紧拉住小周的手,大声对儿子说:"站着干什么,还不快说声谢谢。"

"别谢了,墙上的照片不会取下,好好学习,欢迎毕业后回来。"周总看了看女儿和戴子凡,接着说,"午饭时间到了,这样吧,去找家小饭馆,我们一起去吃顿便饭。"

七

　　表面上是处罚,实际上是资助一个贫困学子圆学业梦,同时"预定"了一个人才,说不定以后还能花好月圆。做善事利人利己,人们知道后纷纷竖起大拇指,称赞道:"周总有远见,这'处罚'英明啊!"

(文/徐志光)

砍树风波

一、对峙

这天早晨，范镇长刚一上班就接到电话，说牛家村出事了，村民李大全和村主任牛大莽"杠"上了，两个人都要动手了！

范镇长急忙赶往牛家村。刚进村，只见路边一棵槐树下，李大全正攥着一把三股叉，瞪着前方，眼里几乎要冒出血来。在他对面，牛大莽正坐在一台"突突突"冒烟的推土机上，冲着众人喊："今天大家给我做个证——我牛大莽是为了给大家修路才铲这棵树的，现在全市都在打造美丽乡村建设升级版，咱牛家村的'三改一拆'已经落后了，不能让一棵歪脖树拖死！今天说什么也得把这棵树砍掉！"说完，他开着推土机朝前驶去，李大全半步不退，死死地盯着牛大莽，推土机距离李大全越来越近……

范镇长赶紧冲进去，拦在推土机和李大全中间。他指着车上的牛大莽喊道："老牛，有话好好说，为了修条路，赔上一条命，将来路是修好了，可大家敢走吗？"

一见是范镇长，牛主任赶紧踩刹车。就是这样，推土机的大铁铲还是扫了范镇长右脚一下，鞋面顿时被划开了一道口子。范镇长抱着右脚坐在了地上，一边龇牙咧嘴地叫疼，一边数落牛主任："好你个牛大莽，你也四十多岁的人了，怎么还是一根筋？这修路架桥是积德行善的事儿，你弄出人命来算怎么回事儿？哎哟……"

牛大莽跳下车，扶住范镇长，说："范镇长，您碍事不？要不我先送您上医院？"

范镇长摇了摇头："没事儿，估计也就是蹭破了点儿皮。你们俩别闹了，咱们先去村委说说。"

牛大莽搀着范镇长来到了村委，李大全气鼓鼓地在后面跟着。进了办公室，李大全给范镇长拉了个凳子坐下，牛大莽过来就要给范镇长脱鞋看伤势，被范镇长拦住了，他苦着脸摆了摆手："你们俩说说，今天这到底是怎么回事儿？"

牛主任气哼哼地说："范镇长，'三改一拆'为的是改善咱村里的环境，全村人没一个不支持的。修路经过李大全的房后头，那儿有棵槐树碍事，我答应按市价赔给他，可他死活不同意。眼看着路修不通了，我能不着急上火吗？"

李大全一点儿也不服气："我也不是不讲情理的人，要动那棵树，好说，答应我一个条件，我一分钱赔偿不要，自己把树砍掉。"

范镇长眼睛一亮，让李大全把条件说说，谁知李大全一说，范镇长也愣住了。

李大全的条件很简单：要动这棵树，全村三十岁以上的人都必须给这棵树磕个头。

原来，三十年前，李大全的父亲患了重病，上级给他家发了一百元救济款。那时候，一百元可不是个小数目，不知道是谁在背后眼红了，居然传出谣言，说李大全的母亲不守妇道，和一个上级领导不清不白的，要不那好事能落到他们家？一开始李大全的父亲没把谣言当回事儿，可没想到谣言越传越凶，李大全的父亲也开始怀疑老婆不忠，连药都不肯吃了，还骂她是想要毒杀亲夫的潘金莲。

母亲只好哭着挨家挨户敲开村民家的门，向他们哭诉自己的冤屈，求大家给她证明清白，不料大家都摇着头拒绝了。到后来，一见她来，就锁上门跑了。

当时，李大全只有七岁，看着母亲哭着在村子里奔走，甚至跪在人家的大门外面哀求，他也只能跟着哭。没想到，就在一天半夜，李大全的母亲在这棵槐树上吊死了。

不久，李大全的父亲也去世了，李大全只好去外地投奔亲戚，三年前才回到村子里，把家里的旧房翻新了一下，住了下来。大伙儿以为他把这件事忘记了，可没想到今天他又旧事重提，而且一提到母亲的死，他泛着泪花的眼里就会闪出一丝凶光。

二、心锁

听完李大全的讲述，范镇长思忖了一会儿，说："李大全，你娘死得屈，你的心情我能理解，但现在事情已经过去三十年了，你让全村三十岁以上的人给那棵树磕头道歉，这要求也有点儿过分。"

李大全咬着牙摇了摇头："过分？因为这件事，我在外流落了二十多年！娘死的时候，正是五月，满树的槐花都开了，花瓣落了一地，像雪一样。我娘就孤零零地吊在槐树上。你们知道吗？每晚，我都会看到娘眼窝里滴着血，那血一滴一滴落在那些花瓣上……"

牛大莽也跟着叹了口气，说："大全，我知道你娘死得屈，可你想过没有，当时，你爹疯了一样在家里大吵大闹，谁敢去给你娘做证啊？你要是非坚持你的条件，那咱商量商量，我去给那棵树磕头道歉行不行？为了大伙儿的事，我这个村主任豁出去了！"

李大全摇了摇头，没有答应。场面一下僵住了。正在这时，镇派出所刘所长带着两个民警跑了进来，一进门，就指着李大全喊道："是不是你把范镇长打伤了？"

范镇长冲刘所长一瞪眼："你瞎嚷嚷什么？这事跟李大全没关系，是我自己不小心碰的。"

一说起自己的伤，范镇长才想起自己的脚，顿时感到一阵钻心的疼，他捂着脚弯下腰去。牛大莽赶紧背起他，朝外面的警车走去。范镇长一边哼哼，一边冲刘所长说："我给你派个任务，你们仨给我把李大全家后面的那棵槐树看好了，没我允许，谁都不能动！"

牛大莽陪着范镇长到了医院，大夫解开范镇长的鞋带一看，范镇长的右脚被碰破了皮，流出的血慢慢凝固了，脚和鞋里子粘在了一起，要处理伤口，就得把鞋剪烂。大夫一边剪鞋一边絮叨："没见过你这样的，自己有伤还到处跑！我剪鞋再小心，也难免会碰到你的小脚趾，你可忍着点儿啊。"

医生处理好了伤口，牛大莽把范镇长背进病房，自己坐在床边，耷拉着脑袋，一句话也不说。

范镇长拍了拍牛大莽的肩膀，说："牛主任啊，别垂头丧气的，今天这事儿不怪你，是我自己往推土机跟前凑的。不过，你今天的干法可真有问题，咱们建设美丽乡村升级版，为的是让大家望得见山，看得见水，记得住乡愁，你倒好，差点儿弄出人命来，你也太鲁莽了！咱们基层干部，就得像大夫一样，不但要知道哪儿有毛病，还得对症下药抓紧治疗，这样矛盾问题才能解决！李大全心里的坎儿，你也早就知道吧？一直拖着不处理，结果酿成大冲突了吧？"

牛大莽挠了挠后脑勺："范镇长，这是三十年前的老伤疤了，全村人谁都不愿提。要说李大全这人吧，还行，讲义气，重感情，我本以为他不计较了呢。您放心，我回去之后，一定跟他好好协商，争取让他同意把树移走。"

范镇长眼睛一眯,笑呵呵地说:"怎么,你还想回去?我看你还是去派出所'蹲'两天吧!"

牛主任被扣在派出所的消息像长了翅膀一样传到了牛家村,不少老百姓都为牛大莽叫屈。李大全听了这消息,黑着脸找到了范镇长的病房。范镇长一看他就乐了:"李大全,你这次高兴了吧?牛主任被我弄到派出所里去了,哈哈哈……"

李大全一丝笑模样都没有:"我高兴个啥?范镇长,我跟牛主任个人之间没有恩怨,他碰到你的时候我看得真真切切的,根本就是你的脚碰到了推土机的大铲子上的,论责任,我看还是你的大。"

范镇长把脸一拉:"李大全,你怎么这么不明事理?他姓牛的欺负你,我帮你出气,你应该谢我才对,可你却来说我的不是!"说完,他把一只脚从被子里伸出来,"你知道不?就刚才那一下,我的脚就破了一个大口子,血流得把我的鞋都灌满了!"

李大全见状,大吃一惊:"那你还不赶紧把鞋脱了?伤口老捂着,会化脓的!"说完,他一把抓住范镇长的脚,就要脱鞋,这时,只听范镇长大叫起来:"哎呀——"

三、了断

护士听到喊声,冲了进来,一进门,就把李大全推到了一边:"你这人怎么回事?病人的右脚伤势刚处理好,你这么沉的身子,怎么能往人家的伤脚上压?哎呀,范镇长,你躺在床上,怎么左脚还穿着一只鞋?"

范镇长疼得脸上的五官都要挪位了,他硬撑着身子,冲着李大全说:"李大全,我刚才伸出左脚,可不是为了骗你,我就是想听你说出那句话:'伤口老捂着,会化脓的!'你记住,脚上的伤口老捂着,会化脓的;心上的伤口老捂着,也会化脓的!"

看着范镇长满头大汗的样子,李大全的眼睛湿润了,他感动地说:"范镇长,谢谢您煞费苦心提醒我,您说得对,我心里的伤口早该结疤了!您放心,明天一早我就把树砍了,一分补偿都不要!不过,您得通知派出所,把牛主任放了。"

范镇长歪着嘴说:"真的?那我这点儿罪受得太值了。实话告诉你,牛主任的确是在派出所,不过他可没有被拘留,派出所一个所长两个民警都在给那棵槐树站岗,人手紧张,我让他过去帮帮忙。现在你决定砍树了,我马上打电话让牛主任回村。对了,你今晚别走了,留在这儿陪陪我,明天一早,我要是能动弹,就和你一起去牛家村!"

第二天一早,范镇长和李大全坐上救护车,直奔牛家村。刚进村口,李大全就愣住了。一夜之间,他家墙外的那棵槐树旁,围满了人,树下站着的正是牛大莽,只不过他手里没拿斧子,而是举着一朵白色的纸花。

李大全下了车,踉跄了几步,来到了槐树下。只见牛大莽举着一朵小白花,冲着众人大声喊:"乡亲们,这些年,知道李婶那件事的人,心里都不好受,为什么?虽然李婶是被造谣的人害死的,可咱们当初要是能站出来为李婶说句话,李婶就不会走!我早就发现了,大家路过这棵槐树的时候,都会故意绕得远一点儿,大家心里头这份愧疚,捂了三十年了,咱不能再捂着了,也该给李婶道个歉了!"说完,他把手里的白花摆在了槐树下面。

很快,其他村民也围了过来,纷纷把手里的白花放在了地上。没多大工夫,槐树下放满了洁白的纸花,像铺了一层厚厚的雪。

"娘——"李大全扑通一声跪在地上,"儿心里压了三十年的石头,今天总算搬掉了!"

说完,李大全猛地站起身,擦了擦眼角的泪水,大喊一声:"拿斧子来,砍树!"

(文/邢　东)

小蒋和他的"老主顾"

　　小蒋是清水闸派出所 110 处警员,这些年出警无数,还结识了不少"老主顾"。安徽人老陈,就是其中一个。当然,故事还得从几年前说起。

　　那是一个大夏天,太阳火球似的挂在半空,把地面烤出了火星。半个多钟头前,刚刚处理完一桩儿子打老子的家庭纠纷,还没顾得上擦把汗、喝口水,小蒋就接到处警大厅值班人员的指令,说清水闸街上有个老人迷路了,得出警处置。这么个大热天,晒在太阳底下容易中暑。小蒋只是抹一把汗,踩着油门就往街上赶。

　　赶到清水闸街上,小蒋开着警车没头苍蝇一样四处乱转。他得尽快找到人。转了好几个圈子,终于在一家不起眼的小商店门口看到一个个子不高,短发雪白,上穿白色老头衫、下穿蓝色过膝短裤的老头,站在大太阳下,一动不动。小蒋一阵狂喜,估摸着这就是他要寻找的迷路老人。连忙停下车,急匆匆地奔了上去。七八个站在路边树荫下的男女一看到警察来了,便不再顾及头上的大太阳,呼啦一下围了上来。一个说老人找不到回家的路了,一个说老人找不到儿子了……叽叽喳喳,让小蒋一阵头晕。

小蒋整整挂在腰间的七件套,努力让自己精神抖擞地走到老人边上。本来以为老人见到警察,会激动地说:"警察同志,你终于来了。"谁知,老人看着小蒋和边上的协警张江,一脸迷茫,仿佛眼前没有人。小蒋想想,大概是自己的警服吓到老人了,只能态度更好一点了。想到这里,小蒋低下头,哈着腰对老人说:"大爷,你是哪里人?我送你回去。"老人看看小蒋头上溪水一样流淌的汗,动动嘴巴,轻轻嘟囔了一句。小蒋听不清楚,又上前一步问道:"大爷,你要去哪里?"老人依然低声嘟囔了一句。小蒋根本听不懂。

眼看着天越来越热,老人白色老头衫的前胸后背都已经被汗水浸湿,再在这里待下去,老人可能会有意外。小蒋问边上围着的人:"你们有谁认识这位老人?"这些看热闹的人都摇摇头。小蒋想了想,对张江说,还是把老人接到派出所慢慢想办法。张江听小蒋这么一说,就伸手搀住老人的左臂,把老人往警车方向带。老人刚走了几步突然站住,任张江怎么拉也不再上前,还拼命挣扎想挣脱,吓得小蒋急忙上前扶住老人。三个人纠缠了一会,老人就是不肯移动步子上警车。小蒋想了想,蹲下身子喊道,大爷,你上来,我背你上车。看到这动作,老人的眼神第一次有了光彩,笑眯眯地爬上了小蒋的背,坐到了警车上。

到了派出所,小蒋把老人搀扶到接警大厅,找了个靠近空调的位置,让他坐下,再到边上饮水器里倒了杯水,递给老人。这下好了,小蒋可以耐心地问了。可两人交流了大半天,小蒋依然问不出个所以然。因为老人说的话,小蒋根本就听不懂,边上也没人能听懂。

小蒋和老人聋哑人一样,打着手势,互相猜测估摸,结果还是没有进入正题。正在着急间,刚好有个姓张,名叫学海的安徽人到派出所办事。他站在边上听了一会,说:"听他口音,应该是我们安徽人。"小蒋连忙拉住他,请他赶紧帮忙做个"翻译",和老人好好地交流沟通,听听他到底要做什么。

张学海拉了把椅子,坐在老人面前,刚开口,老人突然指指张学海的胸口,说了一句。张学海转过头问小蒋,他想抽烟,可不可以?小蒋看看墙上的禁烟标志，狠狠心说，可以。张学海从胸口的衬衣口袋里摸出一包香烟，抽出一根，递给老人，又从裤兜里摸出打火机，点上。老人接过烟，狠狠抽了两口，还没见他吐出烟圈，手上的烟只剩下烟屁股了。等老人缓缓吐出烟圈，张学海这才听明白，老人姓陈，名金法，是安徽人，有两个儿子，都在清水闸种菜。现在想去小儿子家，但不知道小儿子家在哪里了。张学海问老人，小儿子叫什么名字？老人说叫陈二。张学海又问老人，小儿子在哪里种菜？老人挠挠头皮，又摇摇头，想了一会，用手指着派出所大门口的那条路说，一直往下走就到了。

小蒋再问，老人再也说不出什么，他只能动用最原始也最费事的方法——排查。一个村一个村排查。好在派出所基础工作扎实，所有来清水闸租地种菜的外地人，都有详细的记录。不到半个钟头，小蒋很快在全镇众多租地种菜的外地人中，摸排到了两个姓陈的安徽人，一个在山南，一个在东门。小蒋想了想，用手机把东门村那个叫陈海明的照片拍下来，拿给老人看。老人一看照片，用手指着手机屏幕，连连点头。小蒋连忙打电话过去，仔细一问，这位自称陈金法的老人，果然是陈海明的父亲。

陈海明是陈金法的小儿子，听陈海明讲，他们兄弟两个二〇一六年初，来清水闸种菜，感觉这里生活比老家好，就把老人接到清水闸。不过由于老人年事已高，经常会犯糊涂，特别是最近两个月更加健忘。住在老大家没几天就会吵着要去老小家，真给他送到老小家了，没几天又会自己走回老大家。两兄弟尽管种菜忙，但只要老人吵着要去另外一家时总会找时间给他送去。今天可能是大儿子有事在忙，没及时把老人送到小儿子这里，老人就自己出门了。小蒋连忙把老人送到东门，那个叫陈海明的老早等在村口，见到老人，一把拉住，嘴巴里不知说着什么。不过从老人开心的笑容中，小蒋知道这趟没白送。

见老人找到儿子了，小儿子也把父亲接回家了，小蒋的心也就放下了。没过几天，派出所又接到群众报警，说有个老人晕倒在路边。赶到现场，小蒋一看,居然是陈金法。小蒋一边联系老人的小儿子陈海明,一边把老人抱上车送往医院。联系上陈海明才了解,陈海明今天要出差,昨天刚把老人送到老大家,估摸着他趁老大不注意又跑去小儿子家了。送到医院一检查,老人是中暑了,才晕倒在路边的。小蒋办好手续,陪着老人在输液大厅输液。陈金法睁眼看到了小蒋,小蒋怕老人像上次那样抗拒这套警服,忙着开口说,大爷,您热晕了,我送你来的医院,跟您儿子联系了,小儿子出差回不来,大儿子已经赶来了。老人没说话,也不像上次那样再挣扎,就笑眯眯地看着小蒋。大半个小时后,老人的大儿子赶到了,小蒋舒了一口气,在医院旁边的蛋糕店给老人买了点吃的,再赶回派出所。

从此以后,老人时不时地会给清水闸派出所来个“惊喜”,经常迷路。开始的时候,派出所每次派小蒋出警,到了现场,老人总是笑眯眯地看着小蒋,等着小蒋把他扶进警车。后来有一次,小蒋出差在外,老人又被人报警迷路。接警的警察赶到现场,准备按照小蒋的套路,把老人送到东门村的小儿子家。谁知,老人看到出警的警察不是小蒋,不管怎么劝,死活不肯上警车。出警的警察想了想,给小蒋打了个电话,想让小蒋劝劝老人。小蒋让出警的警察把手机放到老人耳朵边,还没等小蒋说几句,老人这边开始眼睛笑成缝了,不等警察把手机拿开,主动打开车门坐进了警车。后来,只要接到“有老人迷路”的出警指令,小蒋不管是不是值班,都会主动出警,把老人送回家。

（文/王　瑛）

雨夜进行曲

夜逐渐深了,大刚靠着床头看手机,禁不住睡意侵袭,灯也没关,就沉沉地睡着了。

一道闪电斜穿过夜空,随即一阵响彻天地的雷声接踵而至,霎时间倾盆大雨砸向地面,沉睡中的大刚被惊醒了,狂风暴雨夺窗而进,大刚不由得打了个冷战,连忙起身关好窗门。窗外的雨越下越大,密集的雨点把窗户打得啪啪直响。

突然,村外的山峰顶上扯起一道刺目的闪电,紧接着一个惊天动地的急雷"轰隆隆"地响起。闪电划过时,窗外一瞬间亮如白昼,一个红色的骑电瓶车的身影闯入大刚的视线,雷声响起的刹那,这个身影连车带人撞到路边的电线杆上,淹没在暴风雨中。

"不好,出事了。"念头一闪过,大刚顾不得换衣服,一心只想着快点去救人。一打开门,夹带着新鲜空气的风和雨水一下子涌了进来,他随手拿了件挂在门背后的雨衣,匆匆穿上后就冲进了咆哮的大雨中。

借着自己房间里透出的灯光,大刚冲到了出事点。发现那位摔倒在地上的过路人艰难地在大雨中挣扎着想起身。"摔得严重吗？"大刚一边问，一边急着去帮助扶人扶车。"嗯，我站不起来了！"伤者带着哭腔回答。正好赶上一道闪电划过夜空，借着闪电的光亮，大刚发现伤者的右腿被电瓶车压着，连忙扶起电瓶车，但扶车过程中发现有点小麻烦，由于伤者穿着电瓶车雨披，雨披连着车，得先把雨披从电瓶车上扯下来，才能扶起倒在地上的电瓶车。一番周折后，电瓶车总算被扶正停到路边了，大刚也成了落汤鸡。顾不得擦一把脸上的雨水，他赶紧去扶还在雨中痛苦挣扎的伤者，费了九牛二虎之力，总算把受伤者弄到了大刚家里。灯光下大刚发现她是个二十多岁的年轻姑娘，虽然穿着雨衣，浑身上下早就湿透了，头发也都散贴在了脸庞上，样子有点狼狈，但依旧盖不住清秀的五官，脸上不知是雨水还是泪水，反正梨花带雨的，很是惹人怜。倒地时由于右手右腿着地，右腿裤管上流着血水，右臂也跌得血肉模糊了，再加上姑娘脸上的痛苦表情，估计伤得不轻。大刚连忙说："姑娘，看来你受伤严重，我们得立即上医院。"

"那会不会太麻烦你了？"姑娘怯生生地回答。

"不会，我去车库开车，请稍等。"说完，大刚头也不回就去开车了。

好在雨夜路上车少，一口气开车到镇卫生院只花了十分钟。挂号交钱检查急救，诊断结果为小腿骨折，还有轻微脑震荡，需要住院治疗几天。

等一切都忙完了，姑娘也挂上了吊瓶，他才喘了一口气。看了眼时间，已经后半夜两点了，大雨也不知什么时候停歇了。刚才跑前跑后还没什么感觉，现在被空调的冷风一吹，浑身湿透的他不由得打了个冷战，正想着去车上找身干爽的衣服换上，忽然听见姑娘开口说话了："今晚幸好碰到你这位好心人，不然就糟糕透了，太谢谢你了。"

"不用谢的，大雨夜碰到这种情况，谁遇到都会这么做的。"大刚一脸真诚地回答。

"都这么晚了，而且你的衣服都湿透了，赶快回去休息吧。我已经打电话给我姐了，她马上会赶来医院的。"

"那好，我就先回去了，明天再来看你。有事打我电话。"交换电话号码后，大刚就驱车回家了。

回家快速冲了个热水澡，实在是太困了，一搭上枕头，大刚就呼呼入睡了，一觉睡到了第二天近中午。匆匆扒了几口老妈为他留的早饭，大刚就赶去医院看望昨晚受伤住院的姑娘。

通过及时治疗和休息，姑娘恢复得不错。看到"恩人"大哥来看她了，姑娘脸上露出了灿烂的笑容，招呼姐姐给大刚倒水，还急着要归还大刚昨晚垫付的医药费。大刚连忙劝姑娘别急，先养好伤，有的是还钱的时间。

人生就像一次旅程，两个本来素不相识的人，因为某个不可预知的因素不期而遇，然后一见如故，变成下段旅程的同行者，这是人世间常有的事，也是人生最奇妙之处，大刚和这位被救的姑娘之间的故事也是如此的奇妙。

昨晚雨中邂逅，彼此还一无所知，现在可以从容相识了。大刚了解到姑娘叫何清清，家住城南街道办事处附近。大学毕业后，选择了自主创业。开了一家手工制品店，线上线下出售纯手工制作的传统小物件，譬如绣花布钱包、刺绣手提袋、竹编小篮子……，其实都是一些非遗产品。产品都出自四邻八乡的农村妇女之手，昨晚何清清就是给三山村的老太太们送工钱去的，回来的路上突然下雨了，而且越下越大，又闪电又打雷的。"就是那道吓人的闪电，还有那阵更吓人的雷声使我摔倒的。"清清姑娘提起昨晚的窘况，仍旧心有余悸。"昨晚的雨实在太大了，我虽然穿着雨衣，但扑面而来的雨水模糊了我的双眼，很难看清楚路况，我只能小心翼翼、减缓速度在雨中骑行。突然一道闪电和雷声，我一受惊吓，下意识一个急刹车，转眼间就连车带人倒在泥地里了。幸亏碰上你，否则昨晚的情况就让我遭大罪了，真的感谢您，大刚哥！"清清姑娘又一次向大刚真诚地道谢。

大刚听完清清的解释，情不自禁地对她刮目相看起来，同时，好奇心也更加强烈了，进一步打听了清清的创业史。

两年前，清清大学毕业，参加了两次行政、事业单位招录考试失败后，清清开始动起了自主创业的念头。但是家里又没钱给她启动资金,这会她郁闷了一段时间。清清平时有空时喜欢做一些手工,有一次,清清试着把自己做的几个绣花小钱包放到网上销售。也许是由于别致的造型、实用的设计、合理的价格以及纯手工制作,马上就被人抢购了。清清好开心,因为找到了创业的灵感。清清就开始做了基本的市场调研,调研中她发现:随着经济社会的快速发展,人们的物质生活基本富足了,崇尚返璞归真思想的人越来越多。许多人厌倦了大机器流水线生产出来的产品,开始寻找一些纯手工制作的、绿色环保的物件。

为了顺应这种思潮,清清就雷厉风行地开了一家"记住乡愁手工制品店",门店就开在自家临街那间屋子,产品主要在网上销售。靠自己一个人做,发现根本供不应求。于是她就动员妈妈、阿姨、姑姑,以及有兴趣的邻居都参与制作,产品也不仅仅局限于绣花小钱包,只要是手工制作的,譬如剪纸作品、小摆件、驱蚊小香囊、棕叶编的扇子、刺绣手提袋、竹编小篮子……都可以,清清鼓励大家"八仙过海,各显神通",发挥大家聪明才智和个人特长,只要是纯手工制作,好看、好玩、好用的都行,做好后就交给清清。清清根据产品材质、制作工时、工艺繁简、美观因素、实用程度等标价出售,自己收取合理的经营提成费,其余都付给货品生产者。

大家合作得很愉快,清清家附近的闲散妇女劳动力基本上都参与了,大家觉得可以在家挣钱,特别是那些七八十岁的老太太,凭借自己年轻时的手艺还可以挣到现钱,更是开心不已。譬如,八十二岁的邻居王奶奶会用干棕叶编扇子,轻巧实用且美观。当清清把王奶奶的第一笔工资五百元送到王奶奶手里时,老人家乐坏了,抓着清清的手激动地直抹眼泪,说是从来没有挣到过这么多钱,更想不到这钱还是靠编棕叶扇子挣到的。清清更是开心不已,想不到自己创业的同时还能带领父老乡亲挣钱,觉得人生价值得到了充分的体现,看到王奶奶这么开心,她觉得所有的付出都是值得的。

后来,一传十,十传百,跟着清清挣钱的农村妇女越来越多,周围十来个行政村里都有。清清一般都是一个月给她们发一次工资,年纪太大的,清清一般都会上门取货,上门发工资。

所以在王奶奶这些老太太眼里,清清简直就是观世音活菩萨。

大刚都快听入迷了,昨晚真是神奇,起初还以为自己圆了一回英雄救美梦,觉得清清姑娘雨夜遇挫,能碰到自己这样的好心人很幸运,现在忽然觉得幸运的是自己,就如同观世音菩萨真的显灵来度自己了,因为眼下的大刚正处于一个人生十字路口。

大刚从学校毕业后,就一直在舅舅家开的轴承厂帮忙,每天上班时间上班,下班铃响走人,按时领饷,适时度假,小日子过得安逸至极。但作为学生时期就入党的优秀青年,大刚总觉得年纪轻轻不应该过这样安逸的日子,总该去奋斗一把,实现一点人生价值,体现一下年轻共产党员的先进性。

今年正逢村委会换届选举,听说这次换届有新举措,以前是三年一届,从这届起任期改为五年,而且村支部书记和村委会主任为同一人,另外再选一名副主任,协助工作。村里有许多人觉得原来的村支部书记年纪太大、文化程度又低、思想老化且不思进取,导致大刚家所在的李家庄村成了远近闻名的落后村,村民经济收入、村容村貌等远不及周边村落。早就有人建议大刚出来竞选书记,认为大刚文化程度高,作为一名年轻共产党员,为人热心善良,充满正能量,如果他当选,肯定能带领全村人致富,让村民的日子过得越来越红火,然后一改李家庄村的落后面貌。大刚近期一直在犹豫,是否要出来竞选,他知道自己在村民心中的美誉度,当选的可能性很大,但压力也是很大,要带领全村三百多户一千余人致富,彻底改变李家庄村的村容村貌,可没有说说那么容易,这一直是大刚犹豫的原因。

听了清清姑娘的创业史,大刚如醍醐灌顶,彻底吃下了"竞选村支部书记"的定心丸。他想,像清清这样一个年纪比自己更轻的姑娘都能有这样的闯劲和决心,带领父老乡亲致富,自己如果还犹豫不决的话,那还算男人吗?

就这样,大刚和清清两个志同道合的年轻人越走越近,相约以后在工作和生活中互相鼓励,互相支持,互相帮助,一起在实现人生价值的路上帮助更多的乡亲致富过上好日子。

（文/张秋萍）

特殊的班会

　　暑假里，新冠肺炎疫情渐渐好转，妈妈对路路说："现在可以戴口罩自由活动了，我们去乡下看你外婆吧。"路路不想去，外婆那里不通网络，打不了游戏。可妈妈说："你外婆那里有我好几个学生，需要家访一下。暑假过后就能去学校正式上学了，我担心他们跟不上。"路路只好答应了。

　　路路是小学三年级的学生，上半年只能在家里上网课。上完网课他就打手机游戏，结果入迷了，没少被妈妈批评。路路妈是小学老师，不过她是教六年级的，白天要上网课，晚上还要在网上改作业，这样就顾不上路路了。至于路路爸爸，是电信公司的员工，说是在忙一件很重要的事，都半个月没回家了。

　　外婆住在山村里，有竹林，有山茶树，可上不了网，路路好想打游戏啊，打开手机的数据流量，一点反应都没有，这里山太高了。

　　路路妈戴着口罩，匆匆进了村里的一户学生家家访，剩下路路闲得慌，就去找外婆。外婆说，隔壁有个小哥哥叫强子，不如去找他玩。路路找到强子，强子却说："我要上网课呢，顾不上玩。"

路路感到奇怪:"暑假了还上什么网课?再说,我拿着手机在村里转一圈了,也没找着数据流量信号,你怎么上网课啊?"

强子神秘地一笑:"我发现个风水宝地,跟我来。"

强子和路路都戴着口罩,一口气上了山顶,山顶有间小屋子,屋旁有根高高的旗杆。这小屋以前是看林人住的,现在竹林和山茶树都承包出去了,就闲置了。进了屋子,强子让路路打开手机的数据流量,啊,能上网了。路路兴奋地打开游戏,强子也拿出手机,打开网课,他上的是以前网课的回放,"上了整整一个学期网课,我怕跟不上大家,所以就每天来这里复习。"强子劝路路也学习,路路却头也不抬地说:"暑假暑假,捞鱼摸虾,我要玩个痛快。"

两个小伙伴就在小屋里,一个打游戏,一个学习网课。虽然能用流量上网,可信号不好,画面总是断断续续的,路路有点不过瘾。半个小时后,游戏画面一停,一条信息出现在路路的手机屏幕上:您已欠费停机!

是啊,打游戏太费流量了,路路没法玩了。他羡慕地看着强子,对方正津津有味地看学习视频呢,看来他流量很多啊。路路灵机一动,就说:"强子哥,你的手机真好看,我看看行吗?"

强子爽快地按了暂停键,把手机递过来。路路平时没少玩智能手机,技术熟练,接过强子的手机后,趁他不注意偷偷开了流量共享,才还给他。这么一来,路路能用强子的手机流量打游戏了。

天渐渐黑了,就听强子一声惊叫:"糟了,我的手机欠费了,明明还有很多流量呀?"

路路有点不好意思,是自己偷用了强子哥的流量。不过他没当回事,就说:"那就充点话费吧。"

强子摇着头说:"充话费很麻烦的,最近的地点在山下,十几里路呢。"

"那你明天下山充上,就不耽误学习了。"

"可是,"强子摇着头说,"下山再上山,多浪费时间啊。对我来说,现阶段最重要的,就是学习。"

路路想了想说："这样吧,我们去拿上我妈妈的手机,来山上上网,就能替你交费了,很简单的。"

就这样,强子和路路下了山。在路过一片竹林时,路路看到林子里有个人影闪过,好像是爸爸,他急忙跑过去,可爸爸又不见了。难道看错了? 路路很是疑惑。

强子一见路路的妈妈,就喊了一声:"老师好!"路路这才知道,强子是在城里读小学六年级,而妈妈正是强子的老师,这次妈妈来家访,也会去强子家,不过安排在了明天。

妈妈当着强子的面教育起了路路:"你呀,家里有 Wi-Fi,却只知道打游戏,强子为了上网课,去山上才找着数据流量信号,你要向强子哥学习才对。"

路路脸一红,故意转变话题:"强子哥的手机欠费了,把你的手机给他,去山顶小屋那里充一下话费吧。"

妈妈却说:"不行,天这么晚了,上山有危险。"又对强子说,"明天再充吧,晚上可以先做习题。"

第二天路路睡了个懒觉,早上八点多才醒来,忽然听到隔壁有好多人在大声说话。他一骨碌爬起来,到隔壁强子家一看,才知道强子竟然摔伤了腿。站在他旁边的,除了强子的父母,竟然还有自己的爸爸。

路路见爸爸又黑又瘦,有些心疼,就问:"爸爸,这些天你在哪里?我昨天看见竹林里有个人影,很像你,可跑过去又不见了。你现在怎么来强子家里了?"

路路爸爸看上去十分兴奋,说:"爸爸昨天确实在竹林里,可是太忙了,也没注意到你。这些天,我和同事完成了一件对村里来说特别重要的事。至于强子,我是今天早晨在山脚看见他的,那时光线暗,他摔在了山坡下,我就赶紧把他送回来了。"

强子站起来,说:"我一大早就去山下充话费,没想到天没大亮看不清路,摔倒了。叔叔,你的手机能充话费吗?到山顶小屋那里帮我充一下吧。"

路路爸爸笑着说:"当然可以。"路路妈说,今天九点,她要在那里开个小班会,成员就是村里所有六年级的学生,强子要是伤得不重,就也去吧。

强子高兴地说:"我的腿没事,包扎一下就能走路了。"他戴上口罩,由路路爸爸搀着,路路在后面跟着,三人慢慢上了山。

来到了小屋旁,看看时间,还不到九点。这时,路路妈妈带着村里的三名六年级学生也来了,胸前都戴着鲜艳的红领巾。路路正奇怪,妈妈拿出两条红领巾,给强子系上后,又给路路系上,说:"今天我们六年级部分学生开个特殊的班会,特邀请你也参加。"

路路有点懵,说:"这么正式干吗?"这时,路路爸爸拿出自己的手机,连上网络很快给强子充上了话费,接着又给路路充上了话费。路路连上数据流量,又想打开游戏,想了想又停了手,强子哥是那么爱学习,自己这样贪玩也太不好意思了。

强子要打开自己的手机,路路爸爸看看时间,九点整,就拿出自己的手机递给他,说:"用我的手机吧,现在给你们一个惊喜!"

路路爸爸的手机很神奇,强子一打开数据流量,发现网速快得令人头晕,网页和视频似乎一眨眼就打开了。一旁的路路也是惊叹,这也太快了吧,比家里的 Wi-Fi 都快!爸爸笑着说:"我这是 5G 手机,上的是 5G 网络!现在你知道爸爸这些天在忙什么了吧,我和同事们争分夺秒,在这里建了 5G 微基站,今天九点正式开通!微基站没有宏基站那么大,可是特别适合农村,从此,你外婆这个山村,不但有了网络,而且是世界上最快的网,这满山的竹林啊,山茶啊,就能插上 5G 网络的翅膀,销售到海内外!其实,咱们在村里也能上 5G 网,来小屋这里,是为了这个!"

路路爸爸从怀里拿出一面鲜艳的红旗,上面绣着星星和火炬,这是中国少年先锋队队旗!他把队旗挂到了旗杆上。

路路妈妈郑重地说:"这次家访,不光要检查学习情况,我还想借 5G 开通的机会,开一次爱国教育班会。我们不但学习要跟上,思想也要跟上!我们的祖国日益强盛,科技突飞猛进,你们少年先锋队就是接班人!"

路路和强子他们一起庄重地点点头。他想,疫情这么长时间,可大家都没有松懈,都在抢时间赶进度,自己怎么还沉浸在游戏里浪费时间呢?

路路抬眼望去,只见中国少年先锋队的队旗迎风飘扬在小山上,山下是万顷碧绿的竹林茶海。

(文/王鑫鸶)

蛮　师

一

时光到了一九四二年春头,日本鬼子侵华的几场大战打下来,浙中腹地诸暨的真正灾难开始了。

前两次日军犯境,老一辈的人说那像秋后大水,来得快去得快。等到第三次日军再来,诸暨人心存侥幸,以为这些人变的野鬼,又会像潮水一样退去的。想不到陈年皇历翻不得了,自从太阳旗插到县城中水门的箭楼顶,日本鬼子像狗皮膏药贴到诸暨大地上,怎么也撕不掉。

日军要吃要喝,满街派兵去抢。这一天,抢到了县城祥记肉铺的头上。

二

"强盗!强盗抢劫也会涂个花脸要张脸,你们倒好,光天化日之下明着抢!"肉铺掌柜兼屠户阿祥像一堵厚实的墙,双手伸开,用身体把猪栏的门封得严严实实。

四五个鬼子被阿祥一阵吼,仿佛霹雳炸响,不住拿手捂耳。抬头再看,他壮硕得像一座小山，自己这些人箍拢一块，也不一定比这壮汉的腰粗。见此情景，不敢贸然造次了。

"八格！"有个瘦条鬼子，显然无法容忍这个中国壮汉明目张胆的阻挠，"哐当"一声，抽出的军刀寒光闪闪。他是城里日军的小队长，叫柳直村夫。

眼见僵持下去又要闹出人命，城里的维持会长孙二头连忙挡在中间打圆场："太君，息怒。阿祥拳师的干活，三天不耍拳脚，就痒得浑身难受。现在不就挨着门框挠痒痒。阿祥，你说是这样吧？"

说着，孙二头不停地向阿祥使眼色，意思很明白：我的祖宗，好汉不吃眼前亏，省省吧！但话到嘴边，又有另外说辞："大东亚共荣圈么，拿几头猪慰劳皇军，也是你的一份孝心。"

"呸！你为何不把老婆妹子送给日军去共荣？却一次次让我来当孙子。前次拉去三头肥猪，一个铜板不见。这次又来了，要把五头肉猪连窝端，全家喝西北风去，还共荣个屁！"阿祥依然堵在门口不挪步。

到了这时，虽然听不懂中国话，但柳直从面前阿祥那狂怒的神态里读出了不少，不由得拔出战刀，直接架到了阿祥的脖子上。

"太君，还是让我来给阿祥说。"孙二头担心柳直当场翻脸，把他和几个日本兵拉到一边，使了几个小钱，平息了他们的几分怒气。又一把拉过阿祥，声音是低的，语气却是重的，"阿胖，你看到了，我也只能帮你到此。伸脚一尺，就是阎罗殿！"

别看阿祥平时脑子一根筋，要紧关头却从不短路。都说孙二头狗汉奸，心并不全黑，胳膊肘子关键时刻还是向里拐的。谁要是自己时运不济，落进黄狗不如的年月。

阿祥挪开了山墙一样的身板，等于敞开了猪栏的大门。五头肉猪嗷嗷叫着，全拖进了鬼子的卡车。活到三十来岁的大男人，居然倚着门框像个小娘们似的抽泣起来。

看到这情形，柳直十分开心，哈哈大笑，不忘过来拍拍阿祥那身砧板一样厚实的肥肉,比画着拳脚,生硬地说:"你的,这个的干活?"

旁边的孙二头怕又生岔子,急忙接过话头:"太君,阿祥拳师的干活。喏,这个的,大大的厉害!"说着,他也顺水推舟,夸张地比画几招。

"哟西!"柳直从衣兜里掏出几张粉色纸条,一把塞给了阿祥。

"银票?"绝望的阿祥又仿佛有了一丝希望。

"是共荣券,你凭它可去戏馆看日本娘们跳舞,皇军给足了面子。哈哈!"孙二头哄着人。

"屁都没用!我还以为强盗发善心了……"阿祥泄气了。

"金条的有,你的,这个的干活——"柳直却读得懂阿祥的表情,手一招,对孙二头叽里呱啦说起东洋话来。

听着听着,孙二头的脸上挂上了薄冰。他转身走到阿祥面前,搔着头皮,为难地告诉他:"太君说了,你敢不敢接硬茬活儿?明天戏馆日本浪人久木设擂,你若赢他,不单五头肉猪可拉回,另外再赏金条两根。"

三

"只要还我肉猪,这活我接了!"也是被逼无奈,五头肉猪是小本生意人的全部本钱了。阿祥听到还可峰回路转,顿时来劲,唯恐日军们不允,连喊了几遍,孙二头想堵他的嘴巴都来不及。

"哟西,你的这个!"柳直不怀好意地冲阿祥竖着大拇指,心里在说:你这大肥佬,让久木来教训吧,到时让你满地找牙!

嘻嘻哈哈的鬼子,一溜烟开车走了,留下来的孙二头跺着脚,连声责怪着阿祥:"你呀,放着阳关大道不走,偏要走独木桥。你以为那日本浪人是街头的泼皮流氓,凭你三斤毛力就能搞定。告诉你,那久木从上海打到杭州,一路下来,打死打伤人无数,从未碰到敌手……出丑不如歇手!"

"我就不信那叫什么久木的东洋鬼,难不成是石头缝里蹦出来的?只要是娘肚子里钻出来的,我阿祥就不怕他!哼,你大路当人情,这会儿岂不是在替东洋主子长志气？"阿祥以为孙二头与日本主子一个鼻孔出气，头一梗不想多说了。

"好心当作驴肝肺，算我白说！"孙二头也来气了，拂袖而去前不忘丢下一句："到时后悔，我可没药救你。"

四

在县城的街坊中，阿祥是棵出了名的无心大白菜，没了心事净长膘，养出了两百来斤的大身坯。全然不知老娘老婆替他担惊受怕一夜未合眼，他倒好，倒头便睡，一觉醒来已日上三竿了。

"大不了我们全家几口病了一场，五头猪算是抓药看郎中耗没了……"老婆小翠眼里又涌上了一汪水。

"猫嘴里还能挖出泥鳅来？阿祥别打太阳从西边出来的主意了，全家几口还指望着你呢！"老娘一抹眼睛把一片衣袖洇湿了。

"嘿嘿，我说呀，你们先去烧开几锅褪毛水，消消停停等我把猪一头不少拉回来，宰完了好上铺卖钱。"阿祥故意装出几分轻松，打掸好像去集上赶猪的样子，"当年的野和尚拳师怎样？不就被我打趴在地，喊爹求饶。哼，谁想在我阿祥面前逞能，门都没有！"

"那野和尚是条落单的豺狗，而今的东洋拳师是成群结队的狼。"老娘连忙提醒儿子。

"我不管是豺是狼，它从我口里抢食，就揍它狗日的！"阿祥把牙咬得咯咯响。

犯偏的阿祥是条犟驴，谁也拉不回。

"那场面我不想看，你把爹传下来的这件短褂穿上吧，兴许会给你带来好运。饿了，里面我给你备着吃的……"小翠替丈夫穿好这件油布似的粗衣，别过头，又抹泪了。

五

四面漏风的破戏院,今天披红挂绿,好像一个涂脂抹粉的老妖婆在搔首弄姿。几个日本婆娘穿着花被单样的衣衫,慢腾腾地跳着舞,白粉厚厚地抹了一脸,活像一个个吊死鬼,大白天也吓人。

阿祥无心看这些"东洋镜",头朝着天,直头牛似的往里走。不料,被几个端着刺刀枪的鬼子拦住。孙二头连忙出来解释,又验过"共荣券"后才放行。

整座戏院冷冷清清,只有前几排坐满了鬼子和汉奸,要不是戏台改为擂台,阿祥还以为日军在开堂会。

"的确是皇军的堂会,只不过,戏文里演的都是假的,这里可是非死即伤的真玩命。"孙二头用话刺激阿祥,好让他打起退堂鼓。

"就这只瘦猴精?他娘的竟充起孙大圣来了!"阿祥朝台上的久木瞟了一眼,满脸鄙视。

传说中的神威东洋拳师久木,确实要令阿祥生出不恭来。尖嘴猴腮,套件肥大得像道袍的玄褐黑衫,在台上一边蹦跳,一边狂叫,活脱脱一只瘦猴精。

随着一阵铜铃响过,一团灰白色的影子,旱地拔葱,从看台飘到擂台。只见他将灰色长衫下摆利索地束到腰际,转身向台下观众抱拳施礼。

这不是越古国术馆掌门吕征吗?

"'螳螂吕'必胜!"台下一阵高过一阵欢呼。

"这下用不着老子出手了,让吕掌门教训这只东洋猴。"阿祥拍着手,叫着好。

在县城,谁人不知,何人不晓,吕征绰号"螳螂吕",身段轻盈如风,一旦出击,身手疾如闪电,雷霆万钧,无人能敌,一套螳螂拳施得出神入化。

果然,"螳螂吕"也不多言,直取久木。看得出,以空手道东洋拳为底料,久木兼收并蓄,吸纳了西洋与中国不少拳术。也许贪吃过多反而消化不良,大杂烩的拳脚难免有拖泥带水的涩滞。久木虽然躲过了螳螂拳最初迅如流矢的攻击，后面却破绽百出，难于应付了。

几个回合过去，火候已到，一锤就能定音了。

到了这时，阿祥替人高兴，也低头叹息自己五头肉猪算是肉包子打狗，有去无回了。

"哗！"突然，台下传出一片叹息声。阿祥抬头再看时，擂台情势急转直下：不知何时，"螳螂吕"频频失手，久木绝地反击，瞅准一个空当，吼叫一声，双腿如夜叉出海，将对方踢下擂台。

鬼子头目柳直迫不及待地站起来，率领大小鬼子热烈地为久木鼓掌欢呼。

"看到了吧，你以为'螳螂吕'如此不经打？那是人家识时务，知道拳脚再棒，也不敌鬼子的枪子。唉……"孙二头不失时机向阿祥点破玄机，也重重地叹了口气。

"哼，没骨气！从今往后，我宁可把猪肉喂狗，也决不卖给这号烂怂软脚蟹！"

六

阿祥还在生闷气的时候，已有一个身板单薄的后生蹿上擂台。阿祥记起此人，是个大学生，在红拳馆里习武，学艺不足三个月，却有一腔正气。

"久木，我今打擂，与你没有什么拳术可切磋。因为你根本不懂武之大道，只知逞强斗狠。但是，我要你见识一下什么是中国人。接招吧！"

久木怔住了，待回过神来时，已经结结实实吃了青年一掌，顿时火起，嗷嗷怪叫，扑杀过来。

一场实力悬殊的搏斗，连外行人都看出了结局。然而，明显处于下风的青年，面无惧色，屡败屡战。台下的中国人无不用呐喊为他助威。

后生被打成个血葫芦了，却不收手。人打到这个份儿上，久木也生出了几缕恻隐之心，稍一松手，将放他一马的用意传达给对方。然而，招来的却是青年猛拳回应,这极大地激怒了久木,旋即施出歹毒的"狂蟒冲天"绝招,抬起一脚,铆力将他踢到台下。

只见小伙像沙袋一样,重重扑在地上,五孔出血,已经气绝。

时间仿佛停滞了。无论中国百姓,还是敌伪汉奸,都睁大着眼睛,呆住了。尤其是阿祥,好像横尸青年抛进了他的心里,砸得他浑身发痛,不禁打了个寒战。

七

这久木也太心狠手毒!如果自己上场,结局也不会比青年好多少。

阿祥的心跳得七上八下,下意识地拿手往胸口摁去,却在布褂的内袋摸到一件硬邦邦的东西。拿出一看,是一个原来装雪花膏的铁圆盒子,里面盛满了新鲜熬出的猪油。目光触及,一股热血直往他的脑顶冲。

虽说是杀猪卖肉的屠户,阿祥只算个小本买卖,平时家里的菜碗也泛不出几粒油星。阿祥人胖口馋,趁人不备,偷偷跑进厨房,往猪油罐双龙抢珠,吮吸手指上的油水解馋。唉,偷油的一幕一定让小翠撞见过了,她才特意熬出新鲜猪油,好让丈夫要紧时候吃了补些气力!

"小翠,我懂你的心思了。好,我阿祥也是条汉子,不给你丢脸!"阿祥见旁边无人,伸出食指,从铁盒子挖出一团猪油,全部交给了嘴舌。

香!真香!新熬猪油倏忽入喉,眨眼间融化,四肢通畅,热血奔涌。此时若是杀猪,三四百斤的猪猡一人就能拎到宰猪凳上,然后乘势往喉口捅上一刀。你久木这东洋货又有几斤几两,经得住我的一拎?对的,你不是一头猪,我是要多留一个心眼。盒子里不是还有一半猪油么,我就全部吃了,好让力气足些招呼你!

想到这里,阿祥又要伸出手指往盒子抠,冷不丁被人重重拍了肩膀。

"你的,猪的要?"鬼子队长柳直冲着阿祥不怀好意地坏笑。

"太君说了,不要那五头肉猪,就不用上台打擂啦。"孙二头话里有话。

“咋就不要？二头告诉那鬼子，我不单要还我的五头大肉猪，还要替那学生报仇，为中国人争口气……”

鬼子小队长柳直虽然听不懂阿祥说的话，但从对方红筋饱涨的愤怒神情中，已猜出了八九分意思，骂了句“八格”，正想发作，忽然转为阴险的狂笑。

八

猫头鹰般的笑声引来台上久木的注意，他知道这种笑声的深意，不由自主地有了扑杀猎物的欲望，不住地向阿祥招手。

阿祥全然不去理会，噔噔噔几步跨上擂台，往精瘦的久木面前一站就是一堵墙。

有了新的猎物，久木颇感兴趣，不住绕着他打转。还未绕到第三圈，已经不耐烦的阿祥兜头就是一拳，打得毫无防备的久木金星乱冒。

出其不意，攻其不备，阿祥只能先下手为强。然而，这样的便宜有了第一次，在久木这种训练有素的技击武师面前，再难有第二次。他身躯灵敏，闪躲腾挪，看准对手反应迟缓的弱点，拳脚雨点般袭来。

如此密集的打击，要是换了身板单薄的人，也许早已败下阵来。但是，阿祥一身厚实的皮肉，犹如一座黑铁塔，硬是不倒。

打着打着，久木明显感到对手只是一个拼蛮力的莽汉而已，全无武功章法，打擂就像街上的斗殴。

见此情形，台下的中国观众无不为阿祥捏把冷汗。那些鬼子看客，也因缺少精彩刺激而渐感乏味起来。

久木心里有了一种被侮辱的感觉。他兴致陡降，只想早点结束这次不对称的搏击，免得传出去变成笑话，坏了日本武师的名声。于是，对手刚露出一个空当，他急不可待收拢双腿，旋风般向阿祥的双脚扫去。

猝不及防，阿祥站立不稳，一个趔趄，重重地摔倒在台上。

得手的久木索性双手交叉,猫逗老鼠似的,嘲笑着脚下蜷缩的阿祥,咧嘴等待着最后一击:只要这个笨拙的中国阿祥硬撑着站起来,他只消单腿发力,一个黑蛇出洞,便可将对手踢飞到几丈路外的台下,不死即残。

摔在台上的阿祥痛得龇牙咧嘴,他好像被什么东西硌疼了前胸。一摸竟是老婆小翠给的那个铁盒子!

对呀,刚才就是凭老爹传下来的这件油渍短褂,滑如貂衣,几次从久木的手上溜脱。这铁盒子里还有吃剩的不少猪油,如果涂满上身,让久木这厮抓不住、揪不牢,再见机行事。嘿,这可是救命的绝招!

欣喜若狂的阿祥冲久木诡谲一笑,躺在台上,干脆撕掉短褂,神秘兮兮地往上身迅速涂抹起来。

不知是计的久木,还以为对手吃痛不起,在涂抹跌打损伤药膏,并不为意,大度地等待着阿祥——反正对手的好时光不长了,自己也不在乎多赔上一会儿。

不过,等涂抹结束,阿祥忽然身如滚耙,一眨眼滚出一丈路外。等久木反应过来迈腿欲追,台上油乎乎的,如玻璃似的滑溜,他差点一个踉跄摔倒。

这当儿,阿祥一个鲤鱼打挺,已经站立起来。然而,还是被久木追上,伸手便变出锋利的鹰爪,想抓住戏弄他的对手,报以一顿老拳。难以相信的是,阿祥光膀子的上身比泥鳅还滑。用力过猛,久木又滑倒了,四仰八叉地摔倒在台上。

"嗨!"一声吼叫,阿祥泰山压顶,骑在久木的身上,如同钉子揳入,钵头般大的拳头,雨点般地落下来。

"八格!"柳直带着七八个鬼子冲上台来,连忙拉开阿祥。此时的久木瘫软在台上,三魄渺渺,七魂茫茫,已经奄奄一息了。

谁都想不到咸鱼翻身的这一刻!台下的中国观众不顾一切,把掌声和喝彩慷慨地送给为大家长脸的屠猪胖汉。

"还我的猪！"阿祥冲着脸色铁青的柳直大叫。

"猪的还你！"面对着众人强烈的目光，柳直也不敢当场食言。

九

当天下午，鬼子把五头肉猪送回了祥记肉铺。见他们前脚刚走，孙二头后脚跟来，把阿祥拉到一角落，连说大祸临头，几乎乞求他一家快逃。

"我要回自己的猪，碍他鬼子什么了？"

"你不仅打了鬼子的脸，还灭了他们的威风，他们岂能饶你！"

果然，鬼子当夜就来抓惹祸的阿祥。幸得孙二头通风报信，阿祥早已带着全家躲了起来。

鬼子空手而归，颜面挂不住了。几天后，在诸暨县城背后的县龙山黑松林里，挂着一具尸体，身坯酷似阿祥，但头颅被砸得血肉模糊。

眼尖的人还是认出，这是城里挑水为生的黑炭尸体，鬼子施的是李代桃僵诡计，他们想借此杀一儆百。

又过几天，还是在这片黑松林里，在挂过黑炭的那棵歪脖子松树上，挂出了一具尸体，瘦若猴精，不用细看便知是东洋浪人武师久木。

有人看见，一天前的半夜，在一条冷弄堂深处，喝得醉醺醺的、刚从妓院出来的久木，被人兜头套了麻袋，扛着就走。看那彪形大汉的背影，酷似阿祥阿祥。

"真是奇也怪哉，这鬼子拳师牛皮哄哄，咋就败在杀猪宰狗的蛮师阿祥手下？"有人百思不得其解。

"有什么好奇怪的，鬼子又没有三头六臂。老话早就讲了：拳师碰上蛮师，被打出屙屎！"有人胆气壮了，不以为然。

（文/赵卫明）

冠军包子冠军心

　　林汉五十多岁,做了三十多年的包子,一直生意兴隆。前几年,对面开了一家包子店,老板娘阿红,做的包子又大又好吃,尤其是在市里的包子比赛中夺得了冠军,她的店就被众多食客叫作冠军包子店。这一来,客人都纷纷跑到阿红的店里去了,林汉的包子店生意一日不如一日。望着对面的店生意红红火火,阿红整日都在开心地笑着,林汉恨得双脚直跳,却又毫无办法。

　　一场新冠疫情突如其来,世上最严的管控措施开始实施。正月初二,镇上下发通知,除了超市和农贸市场必需的生活用品可以交易外,其他所有的商店一律不准营业。林汉一听,心里暗喜。冠军包子店一年三百六十五天从不关门歇业,就算过年,别家店早关门过年去了,她依然每天都准时开门营业。这通知一来,看你还开不开门。

　　第二天,林汉早早就起来,朝对面一看,果然,冠军包子店再也不像以往开着门,卷帘门紧闭着。哈哈,你也有这一天!林汉心里这个爽啊。

　　林汉正偷着乐,忽然脸皮一绷,不对,店门虽然关着,隔着橱窗玻璃,可以看到店内依然热气腾腾,阿红在忙着做包子。没有客人,她做包子干什么?难道她表面上关了门,暗地里还是在做生意?想到这里,他牙齿一咬,老子跟你耗上了,任你奸如鬼,我也要揪出你的狐狸尾!

他搬来一把椅子,在门边一坐,什么都不干,一双眼睛眨也不眨,直盯着对面的冠军包子店。

没多久,只见冠军包子店的卷帘门升了起来,阿红把几只保温箱放进她的那辆越野车上,保温箱里隐隐透着热气,分明就是她刚刚做好的包子。接着,她就油门一踩,一溜烟地开走了。

大概一小时后,她的车子开了回来,保温箱都已经变成空的,然后她换了几只保温箱,又拉了出去。这样一天下来,来来回回拉了四五趟。

林汉心里一盘算,阿红这一天拉出去的包子,比正常开店的日子还要多。一连三四天,冠军包子店外面关着门,里面红红火火地做包子,阿红一车车地往外拉。林汉坐不住了,凭什么她可以做生意,而我不能做?不行,要死大家一起死。

主意打定,林汉马上一个电话打到镇上的防疫办,举报冠军包子店没有遵守疫情管控的通知,私自在做生意。哪知不等他说完,电话那头就怼了过来:"你先去看看清楚,她做的是什么生意,如果像她那样做生意,我也准许你做!"

林汉蒙了,还能有什么生意?不就是包子生意吗?他左思右想,忽然一拍脑门,恍然大悟,这个阿红能耐大啊,她一定已经与防疫办搞好了关系,所以防疫办才这样护着她。

这是典型的官商勾结啊!林汉气得脑袋一抽一抽地疼,心里想着怎样才能让阿红做不了包子,做不成生意。从白天想到夜里,一抬头看到停在冠军包子店门前的车子。这是阿红的车子,这几天都在用这辆车送包子,每天夜里都停在店门前。林汉眼睛一亮,计上心头。

第二天,阿红做好包子准备开车出发时,发现一只轮胎已经没气了,顿时急了。她拿出手机,打着电话,显然是在求助,但在疫情期间,一时半会儿哪里叫得到人?只见她电话打了一个又一个,双脚直跺,显然是越来越焦急。

这一切林汉看在眼里，他得意地哼起了小曲，大功告成。他拿出酒来准备喝两口庆祝一下，就在这时，他看到一辆车子"嘎"地停下，把阿红和她的包子放进去开走了，只留下一个人拿着工具，蹲在阿红的车子旁修了起来。

这一回轮到林汉急了，他不住地咒骂这几个多管闲事的人，害得他的计策又一次失败了。

半小时后，阿红的车子轮胎就修补完毕，那补胎的人从车子旁站了起来，看看对面，径直向着林汉走了过来。林汉慌了，难道这个人发现了什么蛛丝马迹？

"你……你干什么？"林汉色厉内荏地问道。

那人摘下脸上的口罩，说道："爸，是我。"林汉一愣，刚才一紧张，竟然没认出，这是自己的儿子大方。几年前，大方被村民选举为村委会委员。他心里一松，问道："你怎么来这里了？还帮她修车子？"

"没什么，只是来帮个忙。"大方边说边走进林汉的房里，随意看了看，抓起一把螺丝刀，说："爸，就是这把螺丝刀吧？"

"啊？"林汉还没反应过来，大方已接着说："昨天夜里戳轮胎的时候很爽吧？"

"你……你胡说什么？"林汉还想抵赖，大方猛一摔螺丝刀，吼道："你忘了你儿子补了十多年的轮胎了吗？我一看就知道阿红的车轮胎是被人用螺丝刀故意戳破的，你敢不敢拿上螺丝刀去比对一下轮胎的破痕？"

林汉蔫了，嗫嚅着说："大方，你……你不要说出去。"

大方瞪圆了眼睛："爸，你为什么要这样做？"

"她抢了我的生意，害得我的包子店快开不下去了。"林汉越说越来气："还有，现在别人的店都不准营业，只有她的店可以做生意，我看不惯这么不公平的事。我这是为大家出口气，你不帮我，反而帮着那女人，你还是不是我儿子了？"

大方见他强词夺理，气得笑了起来，"那你知道阿红为什么可以做包子，我又为什么赶过来帮她吗？"他一五一十把事情的原委说了出来。

疫情期间，大方作为村委会委员，每天都义务在村口的卡点值勤，登记来人，测量体温，抗击着新冠疫情，因为时间长、任务重，吃饭就成了问题，值勤义工常常饥一顿饱一顿。几天前，阿红来了，她一个卡点一个卡点地走过去，为值勤人员免费送上热腾腾的包子，大方和一众值勤人员吃着美味的冠军包子，心里也是热乎乎的。今天一早，值勤义工微信群忽然发出一条求助信息，阿红的车轮胎破了，一时找不到人修补，大方一见，马上就拿上工具，叫了一位朋友驱车赶了过来，及时帮阿红解决了问题。同时，他发现了另一个问题，阿红的车轮胎是有人故意戳破的，他看到对面就是父亲的包子店，又想到他对阿红一向有意见，就知道问题出在父亲身上，一问，果然如此。

原来是这么回事！林汉傻子一样，半天都没有说话。

不久后，当阿红回到店里，惊讶地看到对面包子店的林汉第一次走进了她的店，她连忙招呼："你好林叔，快请坐！"

林汉没有坐，他走到阿红面前，鞠了一个躬，诚恳地说："阿红，我是来向你道歉的，对不起！"

阿红咯咯一笑，说道："林叔，没事，我知道有不少人在背后议论我，诋毁我，但我只要做好我自己的事，做到无愧于人、无愧于心就好，你说是不是？"

"是的，阿红，你了不起啊！"林汉由衷地说："你不仅做的包子是冠军，你还有一颗冠军心啊。叔提一个请求，让我来帮你一起做包子，你看行吗？"

"行——"店里回荡着一串银铃般的笑声。

（文/袁孟梁）

看似平常的男友

陈瑶是青春旅游公司的一位导游,到了谈婚论嫁的年纪,还不见行动,闺蜜方琴几次给她介绍男友,她都婉言拒绝了。陈瑶是个有才有貌的女子,她不急。后来陈瑶不知怎么一想,主动向方琴开口了,说给她物色一个男友。方琴连声说好好好。不到十分钟,方琴打电话给陈瑶:"给你物色了一个,晚上在天香楼茶室见面。"陈瑶笑道:"方姐,才十分钟就物色好了,这是顺手牵来的羊?"方琴说:"你看了再说吧,他叫陆平平,是一家电机集团的技术员。"陈瑶又扑哧一声笑了:"陆平平这名字,人如其名,想来也是平平常常的一个人。"

晚上,陈瑶如约去茶楼见陆平平,不到半个小时就出来了。方琴上前问:"陆平平可以吗?"陈瑶撇嘴说:"真的人如其名,除了平常还是平常,品貌平常不说,言行举止都平常,看他连品茶握杯的动作也平常。还是算了吧。"

说也奇怪,自从见了陆平平一面后,陈瑶经常碰到他这个人。那次见面后的第二天,陈瑶去逛商场,路上竟看到陆平平也去商场,她暗中再打量他,还是觉得平常得不能再平常,在逛到商场五楼时,发现陆平平也在五楼。后来,在曹娥江边、在大街上、在旅游景点,甚至在早餐店、夜宵摊,经常发现陆平平的身影。陈瑶向方琴说:"有个成语叫冤家路窄,难道我和陆平平情缘未了?"方琴说:"这是你多想了,这没有好奇怪的,你以前也经常碰到陆平平这个人,只是因为你不认识他,而他又太平常了,引不起你的注意而已。现在你认识他后,碰上了他,眼中自然有了他这个人。"陈瑶想想也是这个道理。方琴说:"下次姐给你物色一个风度翩翩的帅小伙。"陈瑶说:"方姐,还是暂停吧,我这段时间忙,没有心情。"方琴问:"你是不是心中放不下陆平平这个人?陈瑶笑道,哪有这样的事,这么一个平常的人,没放心里去。"

陈瑶说忙,最近也确实有点忙。上虞农村开展美丽乡村建设,为旅游业提供了发展机会。陈瑶原来跑外地线路,公司调她回来,让她跑本地线路,开拓美丽乡村游业务。就在刚才,她接到表哥阿峰的一个电话,说是请她带游客到他们南梁村去试游。陈瑶听了表哥的话,大为惊讶,南梁村怎么也成了旅游地了?南梁村是她外婆家,表哥阿峰担任村支书。虽然南梁村山清水秀,景色宜人,但毕竟只是一个普普通通、平平常常的小山村,有什么魅力可以吸引游客?值得一游?

而表哥说得胸有成竹,说:"表妹你大胆带游客过来。南梁村是个千年古村,又是革命战争年代的红色根据地,我们把南梁村的山水风光、古村落风貌和南梁村的地方文化相融合,打造成让游客耐看、耐品、耐赏、耐游的旅游风景线,管保让游客不看不知道,一看定叫好。"

陈瑶虽然感到表哥不会凭空吹嘘,但对南梁村的旅游总是心存疑虑。

陈瑶当晚组织了十多位游客,第二天带队来到南梁村试游。陈瑶和游客们一到,没想到果然如表哥所言,游览兴致陡然高涨,个个被南梁村极具浓郁地方特色的景致吸引住了。南梁村在美丽的自然风光里,用三十则精美短文配上三十个景点,展现这个千年古山村的历史文化,其中有古代人物故事、红色革命故事、当代美德故事。短文句子优美,内容感人,一则短文介绍一个文化景点,或用绘画,或以雕塑,或放实物配合,布置在旅游风景线上。文化景点既展示了山村地方风情,又很有艺术水准,形成"山引水引文化引,柳暗花明又一景"的浏览风景线。旅客们边观赏,边阅读品味,看了一个又一个,兴致浓厚,流连忘返,原来可以匆匆走过、看过的山村风景,现在看了一个上午都还没有看完,还没有看尽兴。

陈瑶和游客们在村后的一处山坡上,凝神观看一幅《南梁保卫战》的油画。还在小时候,她就听外公讲过南梁保卫战这个故事。这幅画生动传神地展现了革命战争年代,南梁村群众与游击队一起抗击日伪军的场景,山坡上的翠竹青松,潺潺流动的溪水仿佛在诉说当年浴血奋战的事迹。

试游非常成功,南梁村留住了游客,陈瑶也相信南梁村的旅游业会红火起来。她非常佩服表哥,把南梁村的旅游业开拓得这么好。陈瑶想,村里一定是花了钱的,请了哪家一流的创意公司设计。

陈瑶回家后兴致勃勃地要把南梁村的旅游风景告诉妈妈,或许被高兴冲昏了头脑,她一不小心,滑了一跤,从楼梯上滚了下去。这一跤伤得不轻,右小腿骨头碎裂了。

陈瑶只好去住院,动手术。这天她动完了手术,回到病房打点滴。不一会,病房里又送来一个骨折病人,陈瑶抬头看了一眼,几乎要跳起身来,真是大千世界,无奇不有,这个送进来的病人竟然是陆平平,而且他竟然也是右小腿骨伤。

好在陈瑶的病床在门口,陆平平的病床在最里面靠窗口,陈瑶忙把病床的帐帘拉上,将自己遮了起来,心里嘀咕着一句话:真是冤家路窄!

这天傍晚,表哥阿峰来了,带着鲜花和水果来看望陈瑶。表哥问过伤情后说:"这鲜花山上采的,水果园里摘的,都是'山里货',不花一分钱的。"表哥又高兴地说:"这几天我们南梁村成了网红村,游客来了一拨又一拨。"陈瑶说:"待我伤好了,我组织杭州、上海、苏州等外地的老客户来南梁村旅游,表哥,你们农家乐的吃住服务规模还要扩大一点。"表哥连连说好。

陈瑶看到,跟着表哥来的一个小年轻手中还有一捧鲜花和一筐水果,以为也是送给自己的,便说:"表哥真好,送鲜花送水果成双成对的。"表哥忙说:"表妹,那鲜花水果不是送给你的,我送给陆老师的。"

"送给哪个陆老师?"陈瑶惊奇地问。表哥手指指靠窗口的床位说:"陆平平老师。"

陈瑶大吃一惊,连那只伤脚也差一点要跳起来,她一边压低声音悄悄问:"你送他干啥?"一边打着手势,叫表哥也说得轻一点。

表哥说:"表妹这个你不知道了。我们南梁村的旅游建设是全靠陆老师策划、指导的,那三十篇文化故事是陆老师亲手写的,那《南梁保卫战》的油画也是陆老师亲手画的,陆老师文章写得好,在美术、书法、雕塑等文化创意设计方面也都是行家里手……"

表哥又说:"陆老师是个文艺志愿者,他完全是尽义务帮助我们做的……"

陈瑶听得一张樱桃小嘴张成了一个大鸭梨样,简直惊呆了。

陈瑶待表哥去看望陆平平的时候,打开手机给方琴打电话,叫她马上来医院。

方琴带着玩笑的口气说:"我不是刚去看过你吗,难道你的伤口恶化了?"

陈瑶说:"不是的,不是的,不是伤口的事,请你再给我顺手牵羊一次。"

方琴说:"你不是说暂停吗?那个风度翩翩的帅小伙还不知在何方呢。"

陈瑶说:"就在我的病房里,真是冤家路窄呀,又遇上了陆平平。"

方琴也蒙了,问:"陈瑶,你怎么一回事啊?你不是说他是平平常常的一个人吗?"

陈瑶忍不住嘻嘻笑了起来:"看似平常最奇特,方姐你快来顺手牵羊!"

(文/何武玉)

相亲记

  金诚今年二十八岁了,别说结婚,连女朋友都还没有。金妈妈实在想不通,儿子人品、相貌、工作哪儿都不差,怎么就不知道结婚呢?为了让儿子早点成家,金妈妈是看在眼里,急在心里,三天一大催,两天一小催,上个月算命排八字,这个月烧香拜菩萨,昨天托亲朋做媒,今天求熟人介绍。给金诚介绍过的相亲对象没有一个营,也有一个连了。金诚倒好,一个都没看上,还有一大堆相亲无用论,把金妈妈气得差点去吸氧气。

  虽然金诚不情愿,但金妈妈还是不断地找人给儿子介绍对象。这不,金妈妈又来叫儿子去相亲了,说对方是她顶头上司张阿姨堂哥的外甥女,今年二十四岁,相貌很像大明星林志玲。时间约在今晚七点半,地点是湖边咖啡厅,双方单独见面谈,女方会拿一本《山海经》杂志作为标记。金妈妈特别警告儿子:"这是顶头上司做的介绍,得罪不起,如果今天不去相亲,当妈的饭碗不保。"在金妈妈的不停威逼下,金诚无奈点了头。

  不过金诚深深明白,凭着他多年的相亲经验,介绍人的话不能信。什么像林志玲、蔡依林,都是胡说八道,肯定又是恐龙见光死。可是约定时间快到了，不去老妈要骂，去的话纯粹浪费时间，怎么办呢？

"金诚，你也来散步啊。"谁啊？原来是同事小王。

"哪有闲情散步，老妈叫我去相亲，在犹豫要不要去。"

"这有什么好犹豫的，换成是我，早就去了。"

听到小王这样说，金诚灵机一动：对，小王也没结婚，叫他代我去相亲，他思想单纯，想个办法肯定行！这样一来，老妈面前也好交代，自己也落得一身轻。对，就是这个主意。

"哪里啊，我是有事走不开。不去么，我妈那里不好交代。要不，你代我去？相中了归你。听说女方长得很像林志玲。"

"你小子别骗我哦。"

"骗你干吗？你也知道我妈跟她上司的关系，上司做的介绍，那还会有假？我是有事实在不能去，要不然怎么能便宜你呢？"

"既然这样，我就勉为其难，帮帮你算了。"

"你小子，得了便宜还卖乖。记住了，七点半，湖边咖啡厅，那姑娘拿一本《山海经》杂志。"

"没问题，马上出发！"

"哈哈哈……"等小王一走，金诚笑得眼泪都出来了，越想越开心，越想越忘形。咦，怎么到家里来了？这时候可千万不能回家，一回去事情就穿帮了。对，还是去网吧上网吧！

等金诚从网吧回来，金妈妈开口就问："儿子，相亲怎么样啊？"金诚心里早就盘算好了："还可以吧，让我们先接触接触再说。"金妈妈听到儿子"接触接触再说"，也问不下去了。

一夜无话。第二天，金诚上班，问小王相亲结果怎么样。没想到听小王一说，金诚人都傻了……原来女方各方面的条件都不错，身高一米六五左右，工作稳定，是个会计，更重要的是身材好，像模特，只有一点，相貌不像林志玲，像章子怡。听到小王说两人还相约晚上一起去看电影的时候，金诚那个后悔呀，都恨不得打自己几个巴掌了。不过事已至此，后悔也来不及了。

转眼一个多月过去了，金诚算是把这事给忘了，不过金妈妈可是一直惦记着："儿子，你们接触得怎么样了？我和你爸真急死了。如果感觉不错，早些定下来，你们早点结婚，我和你爸好早点抱孙子。"这真是哪壶不开提哪壶啊，金诚一时不知从何说起："嗯……这个……那个……"

"什么这个那个的，姑娘人不错的，我几年前见过，相貌很像林志玲，身材也好，有一米七高。"

什么，一米七高？小王不是说一米六五吗？会差五厘米，不太可能吧！该不会认错人了吧？

"不是这个意思，妈，我的意思是……是我们两个工作都比较忙，没有多少时间接触，要不你帮我叫她到我家来吃饭，反正你与张阿姨熟，叫起来比较方便！"

"这样也好，让姑娘来看看我们家的条件，以后谈起来更方便些。明天晚上吧！"

"好！"金诚心想，姑娘都有意中人了，肯定不会来的，只要女方不来，到时候就有借口了。

等到第二天傍晚，出乎金诚的意料，姑娘居然跟着介绍人张阿姨登门来了。金诚一看，傻眼了，这……这还真像林志玲啊，估计身高一米七都要挂零吧。这到底怎么回事？

"那天茶……咖啡厅里的应该不……不是你吧？"金妈妈一听，都谈了个把月了，我儿子怎么还胡说？"金诚，你胡说什么？"没等金诚开口，姑娘"扑哧"一笑先开了口："阿姨，您不要急，我猜金诚那天没去相亲，所以他才会这样问！"

看到金诚难为情地点了点头，金妈妈差一点要骂人了："儿子你……"想了想，有人在不能骂，哼，等她走了再收拾你！"姑娘，我儿子不去，那你……""阿姨，那天我也没去！""啊？"

　　姑娘见众人傻眼，缓缓地讲出了真情。原来她年纪虽轻，却同金诚一样也早就看透了相亲。不同的是，她找了表妹代为相亲。没想到表妹一次就相中了，还告诉她男方姓王，年龄二十六岁。她就觉得奇怪，明明张阿姨很明确地告诉她男方二十八岁，怎么少了两岁，关键姓还变了。昨天张阿姨来找她，她想正好借此机会解开谜团，所以就跟着来了。"看到你，再听你这么一说，我就猜到你也没去相亲！"

　　"我和你差不多，叫同事小王代为相亲的。"金诚难为情地说道。

　　听到这里，金妈妈恍然大悟：好嘛，这样说起来，你们两个还没见过面，倒让小王同姑娘表妹凑成一对了。我还想叫儿子早些定下来，好给你们操办婚事，原来是在白日做梦啊！张阿姨一听："既然如此，我今天就再给你们俩做一次介绍，你们看怎么样啊？"金诚一听，这么聪明、漂亮有默契的姑娘不要，我还等啥呢，连忙点头："我愿意！"姑娘朝金诚看看，微微一笑，脸上一阵红云！

　　"哈哈哈！"张阿姨举起酒杯，"看来双方都愿意啊，来，让我们为他们有一个美好的未来干一杯！"

　　金妈妈连忙跟上："对！干杯！咦，我刚刚热过的酒怎么都冷了。"

　　"哈哈哈……"

（文/赵军刚）

一面"十字绣"党旗

下午,严明去市里开了一个会,内容是加强党员干部作风建设。本来,会议由局分管领导参加,因领导有事,就向主办方说明情况,由办公室主任去代开了。会议结束,还不到下班时间,路不远,严明便步行回单位。穿过广场大道,站在十字路口,抬头一瞧,见单位门口停着一辆120急救车,警示灯闪烁。

是谁?发生了什么事?像被电流击了一下,严明的心骤然揪紧。

急救车尖叫着,转了个大弯,朝人民医院方向飞驰而去。一路小跑,严明来到办公室,负责打印的娜娜告诉他,老郑晕倒在电脑桌前,估计是老毛病复发了,小王随车护送,已通知郑师母,叫她速去医院。见身旁没什么人,娜娜压低声音说道:"刚才我去关电脑,发现与老郑用QQ聊天的叫'聪聪',头像是女的,漂亮着呢,会不会真的是初恋情人,或者是半路相好啊?"

说完,娜娜伸了一下舌头。严明瞪了她一眼,示意她别乱猜测,心里却想起了下午的会议精神,顺着娜娜的思路,又想起了老郑的一些往事。

老郑五十多岁,有身材,有颜值,不说年轻时,就是现在仍残存几分帅气。他原是下属拆迁单位的党支部书记,后转任工会干部。一天夜里,老郑在家伏案写调研报告,站起时一阵晕眩,摇晃了几下,像软脚稻草一样倒在地。家人急了,把他送进了医院,做了核磁共振才知是高血压引起脑血管堵塞。

老郑经过医治,血管疏通,行动自如,只是留下了口齿不清的后遗症。出院时,医生再三关照,以后别熬夜别操劳了。他吵着要上班,原先的岗位不适应了,局领导一商量,把他调了上来,派人在贮藏室隔出一个小间,安装了电话、电脑,没给他安排具体的工作,嘱咐他好好休息。

就这样,两个多月前,老郑来到了局办公室的对面。一下子闲下来,他像丢了魂、入了魔似的,哈欠一个接一个。口不能言,就用网络,网络世界很精彩。早先,老郑上过电脑操作培训班,学过五笔打字,由于没能坚持下去,所学的基本上还给了老师。如今,他像捉蟹一样,张开手指重新摸索。

娜娜很热情,说是玩手机伤眼,伤神,伤颈椎,用电脑方便,便替他申请了QQ号码,耐心地讲解了具体的使用方法。

过了一段时间,老郑能用QQ与人沟通了,想必是花了好多工夫,遇到打不出来的字,就跑过来请教娜娜。他也打电话,有一次,电话打到了邻县的一个镇政府,由于舌头难以转弯,加上方言口音重,"暂住证"说成了"暂寄证",说了好几次,越说对方越不明白,他红着脸大嚷:"QQ报过来,QQ上面说!"

老郑上QQ,可谓废寝忘食,他到底与谁在聊天?或者为谁在办事?娜娜根据所问的一些字综合判断,得出了结论:不是初恋情人,就是半路相好。严明却怀疑,老郑这般年纪,身体又不太好,不会在男女私情上花心思的。经过一段时间的静心观察,他觉得娜娜说的有很大的可能性。一般人聊天,总是把事情讲清楚就挥手再见,而老郑与人聊起来,就像做落后职工的思想工作,细致周到,没完没了。有好几次,严明在食堂吃了中饭回来,他还全神贯注地盯着屏幕,手按得像弹钢琴似的。

凡事都有限度,一旦过度,必受惩罚,这……老郑的病情到底怎么样呢？小王是在办公室搞文字工作的,严明与他通了个电话,小王回答说正在急救室,医生还没有出来。严明的心沉沉的。

第二天一上班,得到了医院的消息,老郑的脑血管严重堵塞,人已经苏醒过来了,性命无虞,但日后手脚可能要受影响。不知怎的,严明心里升腾起一股无名火,埋怨起那个叫"聪聪"的来了,老郑的病,或多或少与她有关联啊!

上午十点左右,严明想去医院看看,刚走出办公室,对面来了一个中年女子和一个小男孩,说是来找老郑的。女子四十出头,身材颀长,面容清秀,戴着助听器,手上拎着一只拎包。小男孩十多岁,虎头虎脑,眼神里透露出与年龄不符的成熟。这是老郑的什么人?严明带着疑问,趑回身把他俩领进办公室,示意坐下,指着小男孩问女子:"是你的儿子吧?好可爱。真不凑巧,老郑同志出差了,你们从什么地方来,找他有什么事?"

娜娜觉得这女子与老郑聊天的网友头像相似,便倒了两杯开水,放到他俩面前,脸上挂着好奇的神情。小男孩打着手势,将严明的话转告了女子。女子点了点头,喝了一小口开水,说起了自己的身世。

她是邻县一个山村的,小时生病发高烧,因家境贫寒延误治疗,致使双耳失聪。十八岁那年,她去乡政府办理聋哑残疾证,要求进福利厂工作。那个办事的有个痴呆儿子,快三十岁了,还分不清鸡和鸭,见她长得白嫩、苗条,就托人来做媒,只要做他的儿媳妇,什么事都好说。遭到拒绝后办事的便从中作梗,她一气之下离开了老家。这些年来,她结婚又离婚,带着儿子四处闯荡,做过保姆,擦过皮鞋,也捡过破烂,生活相当困难。

说到这里,女子眼含泪水。小男孩从衣袋里拿出一小盒面巾纸,抽了一张递给母亲,并接着说了下去:

"母亲喜欢上网,她把QQ取名'聪聪',希望能听到世界上的声音。那一天,她看到一个名叫"三十六年党龄"的,就加了好友,他就是郑爷爷。聊了几次后,母亲发觉郑爷爷是一个真诚、可靠的人,就把自己的遭遇向他倾诉。

因无法用电话交流,郑爷爷就在 QQ 上,向母亲讲了许多做人的道理,要求母亲树立信心,未来一定会变好。母亲在外地,而办残疾证要当地政府的证明,郑爷爷主动与镇政府联系,并把医院做鉴定的日期、办理的有关手续,告诉了我母亲。几经努力,我母亲终于拿到了残疾证。"

原来是残疾证,而不是暂寄证、暂住证,娜娜不由得心底暗笑。小男孩紧挨着母亲坐着,不时地帮母亲理着头发,女子深情地看了几下儿子,说道:

"拿到残疾证后,郑叔叔又为我的工作,多次在网上与镇领导商量,在他的努力下,一家工艺美术福利厂录用了我。在外漂泊多年,一星期前,我带着儿子回到了老家,成了企业的一名正式职工,所有这一切,都是郑叔叔帮忙的结果。昨天下午,与郑叔叔正聊天时,突然没了信息。今天,我们母子特地赶来,本想当面向他道一声谢,没料到他出差了。郑叔叔曾对我说过,他是一名党员,为民办事是职责。我们拿不出什么东西报答,这是我亲手做的十字绣,请转交给郑叔叔。"

女子打开包,拿出一只小纸袋,递给娜娜,说是要赶中午的汽车回去,朝严明点了点头,转身与儿子一起走了。娜娜呆了好一会,才回过神来,"客人走该去送送啊",快步追到大门外,见母子刚登上了 17 路公交车。纸袋没有封口,回到办公室,她把绣品掏出展开。严明看到,这是一面党旗,整洁干净,尺幅虽不大,却绣得细密平整,层次分明,有着很强的立体感。娜娜抚摸着,啧啧称赞,由衷地佩服女子的好手艺。

医院在城西开发区,严明开着自家车,平稳地行驶在宽阔的马路上。收音机里,正播放着习近平总书记关于加强作风建设、践行党的宗旨的论述。副驾驶座位上,放着一面"十字绣"党旗,那金黄色的镰刀和锤头,色泽鲜艳,在红底的衬托下,像一轮初升的朝阳,放射着耀眼的光芒。

(文/上官湖徐)

柳河坊的秘密

　　应俊和白絮絮是在网上认识的。应俊是个着迷于写诗的青年,而白絮絮正好是个朗诵爱好者。白絮絮更看重的是应俊生活在绍兴这座古城里,她似乎觉得自己与绍兴之间有一种解不开的缘。

　　从此,两人便成了朋友,经过两年多的交往,两人越走越近。于是她想趁国庆长假去一趟绍兴,并把这个想法告诉了应俊:"我想在这个国庆假期到绍兴玩玩,欢迎吗?"

　　"欢迎,欢迎!太欢迎了!"应俊的心里别提有多高兴了。

　　可是,应俊等到十月二号,却还没有白絮絮的消息,这可把应俊急坏了。那些天他简直像热锅上的蚂蚁。其实白絮絮十月一日上午就到了绍兴,她想先找到一个叫柳河坊的地方,并在那儿住下来,然后再去找应俊。可是她一路走一路打听,却没有一个人知道柳河坊这个地方。到第二天,她只好打电话给应俊说:"我迷路了。"

　　应俊问她:"你在哪里啊?"

　　白絮絮说:"我在蝶荡湖边呀!"

应俊说："你在蝶荡湖边不要动了，我来接你。我家就在附近呢。"

两人终于在蝶荡湖边见面了。然后白絮絮就乖乖地跟着应俊走，来到了应俊的家里。应俊的父亲见儿子领着个这么漂亮的姑娘回来，心里很高兴，赶紧手忙脚乱地热情招待。白絮絮趁机向应俊父亲打听："叔叔，绍兴柳河坊在哪里您知道吗？"

应俊父亲说："这地名听起来蛮耳熟的，不过我也说不上来了，绍兴的变化实在太大了。这几天阿俊放假，让他帮你慢慢打听。"

于是，应俊就带着白絮絮今天去文化中心、奥体中心、科技中心、梅山湿地公园，明天去世茂商城、银泰城、越王城，总之，凡是绍兴热闹的地方他都带她去。

当然，他们一边游玩，一边也向路人打听：柳河坊在哪里？但没有人能回答上来。其实应俊也不急于找到柳河坊，陪着这位漂亮姑娘多玩几天，实在是他求之不得的美事。

陪着白絮絮游玩了绍兴的许多地方之后，白絮絮终于问出一句奇怪的话来："这是绍兴吗？"

应俊说："你以为这还是鲁迅笔下的绍兴啊？"

"当然不是鲁迅笔下的绍兴，但绍兴应该有许多老旧的小巷子吧？"白絮絮说着，陷入沉思，绍兴的变化也太大了呀！

其实，白絮絮七岁的时候曾经跟随邻居潘阿姨来过绍兴，但这事不能告诉别人（包括应俊），因为她当时扮演了一个特别的角色，配合潘阿姨完成了一项心愿。为此，她曾向潘阿姨发誓，对这事永远守口如瓶。

几天下来依然找不到柳河坊，白絮絮的心里便焦急起来，就独自外出去寻找。她外出一整天没回来，应俊也急了。当应俊疲惫不堪地在越王台前找到白絮絮时，白絮絮哭了。应俊只好陪着她继续寻找柳河坊。他们沿着仓桥直街一路走一路询问，眼看已经走到仓桥直街的尽头了，前面就是城市广场了，就在这时，白絮絮突然看到一座古桥，眼前一亮！

她记得走过这座古桥,在那边桥脚下,沿着山脚边有一条破旧的小巷,那就是柳河坊。与柳河坊平行的一条小河叫柳河。当时的柳河两岸都是密密匝匝的民居,没有柳树。如今柳河成了城市广场的景观河,两岸垂柳成荫,成了名副其实的柳河,它的名字却早已被人遗忘了。

白絮絮在山脚边的城墙下找到了那口古井,对应俊说,这地方应该就是当年的柳河坊了。应俊却摇摇头,对白絮絮说,这整条小巷都叫龙山后街,其中这一段因建城市广场被拆除了,当时他的外婆就居住在这里。

白絮絮便要应俊去问问他的外婆,应俊打电话过去,他外婆就在那头说:"是呀,是呀,柳河坊是老早的老地名呀!如今年纪轻的还有谁知道呢!"

白絮絮要应俊第二天去看望他外婆。

应俊的外婆如今居住在老年公寓里,是一间独立的套房,生活起居有专业护理人员照料。老人已经九十八岁高龄,身子骨看上去还很硬朗。见外孙带了个漂亮姑娘来看她,便乐呵呵地让座。

白絮絮觉得老人很面熟,十有八九就是邻居潘阿姨的婆婆了。但毕竟已经十五年过去了,而且那时自己还只有七岁,所以她一下子还不敢认呢!

老人从柜子里拿出许多糖果糕点来招待他们,嘴里念叨着:"这都是我儿子儿媳妇用快递寄来的,我老太婆吃也吃不完呢。你们年纪轻多吃点,过期了浪费可惜呢。"

白絮絮说:"您儿子儿媳妇肯定都是很优秀的人。"

老人听了,脸上显露出很自豪的表情:"我儿子是搞军事科学的工程师,我儿媳妇是军医。他们对我都很孝顺,每月都寄那么多钱给我,还寄吃的穿的用的,我老太婆是在享儿子儿媳妇的福啊!"

从老人的话里,白絮絮证实了眼前这位老人就是邻居潘阿姨的婆婆。她感到很欣慰,老人的儿子依然在母亲的心里活着。因此,老人自己也快乐地活着。其实,老人的儿子在二十多年前的一次军事科学试验中就牺牲了。他生前给妻子留下遗嘱:"如果我牺牲了,请千万不要告诉母亲,因为母亲已经年迈,而且患有高血压和心脏病。"

邻居潘阿姨就是一直按照丈夫的遗嘱在做,不但没有把丈夫牺牲的消息告诉婆婆以及婆婆身边的所有亲戚,而且每月按时给婆婆寄钱。后来婆婆多次写信询问媳妇有没有生孩子,说自己年纪大了,总想见见孙辈。潘阿姨就"借"了邻居家的小姑娘白絮絮到绍兴看望婆婆。婆婆见了白絮絮这个"孙女",果然乐得合不拢嘴。

白絮絮想,自己七岁那年与潘阿姨的绍兴之行实在太有意义了,老年丧子是多么大的不幸,老人如果早知道儿子已经牺牲,她还能快快乐乐地活到今天吗?这时,白絮絮听老人继续说:"我还有个可爱的孙女呢,七岁那年跟她妈来过绍兴,这孩子真叫聪明,我见了真是开心!如今,我家絮絮也有你这位姑娘这么大了。我儿媳妇来信总说,絮絮总在想念奶奶呢,总说要到绍兴去看望奶奶呢!我说,如今的孩子读书特别辛苦,时间又紧张,还是让絮絮一门心思好好读书……"

白絮絮听了这话,心里感动得真有些情不自禁,决定将自己十五年前来绍兴扮演的角色继续扮演下去,便说:"奶奶,我就是絮絮呀!我这不是来看您来啦!"

"小鬼头,真是个精灵鬼!跟你奶奶也卖起关子来了。"老人乐呵呵地骂着。

"奶奶,我为了找到柳河坊,真是找得好苦啊!一连找了好几天呢!"白絮絮撒娇道。

"这是个老早的老地名,如今的年轻人都不知道了,只有我这个背时老太婆,叫习惯了还在叫,可把我孙女害苦了!可怜我的心肝宝贝肉啊,你爸爸妈妈都好吗?"老人一把将絮絮搂进怀里。

"我爸爸妈妈身体都很好,只是工作很忙,也经常惦记奶奶。爸爸因为工作特殊,不能回来看望奶奶,请奶奶多保重。"白絮絮说。

"你回去告诉爸爸妈妈,就说奶奶说了,身体一定要保重,然后才能为工作多操心。奶奶在绍兴日子过得好好的,不用为我多牵挂,我身体还硬朗着哪!"

这"祖孙俩"聊得很热乎,坐在旁边的应俊却一句话也插不上。他有话难开口呀,他心里早就爱上了白絮絮,如今她却成了自己的表妹,连恋人都谈不上了,他心里能不堵吗?前面已经说了,白絮絮对其中的秘密,是发誓要永远守口如瓶的。那么,应俊所面临的难题该如何破解呢?

(文/汪志成)

锄　奸

何正酉，绍兴诸暨人，生于钟鸣鼎食之家，祖业昌盛。可惜，何正酉接过家业之后不久，就摊上了战乱。

一九四〇年十月，日寇发动"十月攻势"，其中一路来势汹汹进犯诸暨，距离诸暨城只有几千米了，守城的国民党军队说要避其锋芒，早已作鸟兽散，城南战壕里只剩下一支人数五十左右的队伍还在严阵以待，准备拼死阻击日本人进城。这支队伍并非国民党正规武装，而是由四乡热血男儿自发组织的抗日志愿大队，领头的队长叫何强。血战就在眼前，阵地上不再有人说话，空气紧张而凝重。

就在这时候，忽然，从城里冲出几个人。为首的胖子正是何正酉，时任诸暨商会会长，时任抗日志愿大队的副队长，他身后跟着的是诸暨县的几个显贵要人。何正酉来到何强身旁，何强埋怨道："你怎么才来？"何正酉表情怪异地一笑，突然将手枪顶在了何强的太阳穴上，命令道："听我的指挥！"事出意料，众人都惊呆了。何正酉说："诸暨现在已是一座空城，凭你们这些乌合之众就想挡住日本人前进？不要做无谓的斗争了，抵抗下去只有死路一条！何强，我给你两条路，要么让你的人撤走，给日本人让路，要么投降日本人！"

众人这才明白过来，这何正酉是想当汉奸。眨眼间，数十支枪枪口一齐对准了何正酉，"汉奸""走狗"的叫骂声四起。何正酉持枪有恃无恐地冷笑着，不为所动。

冰冷的枪口下，何强双眉倒竖，低吼道："我宁死不降！"

"好汉子！可是你愿意看着身边这些弟兄的生命就此完结吗？他们家中可都有父母亲人！"

何强何尝不知道自己这几十个人是在做螳臂当车之举，眼中不由得闪过一丝迟疑，战士们见状，齐声高呼："我们宁死不降！血战到底！"

何正酉不屑地说："匹夫之勇，于事无补！"他手中的枪捅了捅何强的脑袋："快下令吧！"

何强看了看战士们一张张年轻的脸，沉思片刻，忽然对战士们猛一挥手，命令道："撤！"众人还想争辩，何强一跺脚："这是命令！"

等战士们都撤离了阵地，走远了，何正酉才放开了何强。何强狠狠地瞪了一眼何正酉，咬着牙说："你等着，总有一天我会回来找你算账！"何正酉摇摇头，道："你以为我会给你机会吗？"话音未落，他抬手就是一枪，正打中何强的胸口，何强手捂胸口，鲜血从指缝中汩汩流出，随即便倒地毙命。

何正酉吹吹枪口的硝烟，上前踢了何强一脚，回头对众人说："走，咱们迎接日本人去。"

日本人未遇一枪一弹的抵抗，兵不血刃就占领空城诸暨，并击毙反日志愿军首领何强，可谓大捷。可惜，后来日军在阵地上并没找到何强的尸体，大概是被老百姓抬走掩埋了。

自此，何正酉就在日本人跟前大大走红，成了诸暨最大的汉奸，老百姓提起他来，无不咬牙切齿痛恨，把他与当年的秦桧、吴三桂相提并论，人人唾骂。

一九四一年春,突然有一支共产党领导的抗日游击队在四明山一带活动,频繁骚扰日军,令日军大为头疼。日军几次扫荡,却连对方的头发丝都没找到一根。有消息说,这支抗日游击队的头目正是何强。这在老百姓中传得沸沸扬扬,说何强是天神下凡,所以被汉奸害死后还能死而复生。消息传到日军司令小野与何正酉那儿,两人都极为震惊。何正酉后悔不迭地直拍脑袋:"当时,要是我再给他补上两枪就好了。"小野是个中国通,他极为器重何正酉,安慰说:"这不怪你,我已派人打听过了,这个何强的心脏与常人不同,长在右胸,所以你打他那一枪没有致命。不过,我已布下天罗地网,谅他本事再大,也逃不出我的手掌心。"

何正酉担心道:"这支队伍神出鬼没,来去无踪,要想剿灭他们,难啊!"

小野得意地狞笑道:"你放心,我已在他们身边安下一枚棋子,游击队的一举一动都在我的掌握之中,这盘棋何强输定了。"

何正酉又惊又喜:"原来太君早已在游击队里布下了耳目。"

两天后的深夜,日、伪军倾巢出动,包围了四明山下的一个村庄,一阵猛烈的炮火打击之后,鬼子们兴冲冲地杀进去,不料里面竟空无一人。一定是游击队提前得到消息溜了,气得小野暴跳如雷,一把火把村子烧个精光。

几天后,何正酉正在日军司令部与小野下围棋,勤务兵进来与小野耳语了几句,小野急匆匆地出去了。何正酉踱到门口漫不经心地向外瞟了一眼,见小野正在跟一个戴着大草帽的庄稼汉嘀咕什么,那人只露了一半脸,下巴颏儿上全是麻子,正在用双手做一个合围的手势。何正酉心中一动,赶紧返回座位,若无其事地继续喝茶。过了一会儿,小野回来,何正酉试探地问:"太君,有行动吗?"小野摆摆手:"没有,来,下棋。"

当天半夜时分,亲兵来向何正酉报告:"小野亲自带队,悄悄领着两百个兵出城去了。"何正酉点头道:"不出我所料,他这是吸取上次的教训,怕兴师动众走漏了风声。你看清楚了没有,只有两百多人吗?""看清楚了。""好,游击队不会放过这个机会的,走,咱们跟去看看热闹。"

两人当即换了便装,远远地跟在队伍后面出了城。

如上次一样,日军冲进游击队的驻地后才发现又扑了个空,正惊异时,忽然杀声震天,游击队从四面八方冲杀过来。黑暗中日军不知对方埋伏了多少人马,以为陷入重围,顿时惊慌失措,无心恋战,只顾没命地抱头狂逃。小野腿快,侥幸逃得性命,边跑边盘算着回去如何纠集人马杀回来报仇,正跑着,不想迎面碰上两个人,等看清对方的面貌后,小野大喜,刚想说话,突然倒吸一口凉气,因为他看到对方手里的枪口正对准自己。他厉声问:"何正酉,你想干什么?"

对方正是何正酉,他笑眯眯地看着小野:"想不到吧?"

小野恍然大悟:"原来是你给游击队报的信!"

他倒是明白了,可是已经迟了,"啪啪"两声枪响过后,他便永远倒在了这片被他蹂躏过的土地上。

结果了小野,何正酉对随从说:"快,咱们马上回城。"不料,追击日寇的游击队员听到枪声后迅速地寻了过来,他们都认识何正酉,一看这个大汉奸就在眼前,哪里肯放过?一拥而上,就把他五花大绑,押回驻地。

游击队已转移到了另一个村庄,虽然打了胜仗,战士们脸上却难见喜悦,人人一脸悲愤之色,有人脸上还挂着泪痕。听说抓回了大汉奸何正酉,大家争先恐后地拥进屋里,有人冲上前想揍他一顿出气,何正酉大声喊:"住手!我要见何强。"

他不说何强还好,这一说,对方更是难抑悲愤,一巴掌狠狠地抽在何正酉的脸上:"都是你这王八蛋把敌人引来,何队长……他才牺牲的。"

何正酉蒙了:"你说啥?何队长牺牲啦?"

"你这个狗汉奸,你不是想见何队长吗?好,我送你去!"那人抹了一把泪,举起枪来,对准了何正酉的脑袋。众人高呼:"杀了他,杀了他,为何队长报仇!"

何正酉望着群情激愤的人群,长叹一声,心中万念俱灰,轻轻闭上了眼,喃喃道:"何大哥,现在我姓何的百口难辩,你等等我。"

"住手!"在这千钧一发之际,从门口挤进一个人。此人是游击队政委刘泉,听说抓了汉奸何正酉,急匆匆赶来了。他一把摁住战士手中的枪,问何正酉:"何正酉,你有没有话说?"

何正酉缓缓睁开眼,心说何强已经死了,有谁还会相信我的话呢?就在这时,他看到一张面孔在人群背后一闪而过,脱口高叫:"抓住他,他是内奸!"这人正是他在小野司令部见到的那个麻脸汉子。

霎时间,众人的眼光齐刷刷地盯在这张麻脸上。麻脸汉子一怔,却并不慌张,咧嘴笑起来:"大汉奸,你甭想耍啥花招,你凭啥说我是内奸?"

"就是你把游击队宿营的地点通知小野的。"

"你不要血口喷人,你以为你愿意当汉奸别人也会跟你一样是贱骨头?狗汉奸,死到临头还胡说八道!"

众人一阵哄笑,自然没人相信何正酉的话。何正酉惨然地摇摇头,他抱着最后一丝希望对刘泉说:"我有话想单独说给你听。"

刘泉看看他,退后一步,命令道:"把二麻子的枪下了!"众人虽然迷惑不解,还是上前缴了二麻子的械。刘泉又说:"你们都出去一下,我有话问他们两个。"

大家出去后,刘泉就问何正酉:"说吧,你有啥话?"

"我不是汉奸!当敌人大兵压境,国民党军队弃城而逃,凭我们这些人与日军决战无疑是以卵击石,我跟何强一商议,所以才演了一场好戏给人看,既能保全全体战士的生命,保存实力,又能取得日军的信任,打到日军身边。这两次日军袭击你们就是我得到消息后设法通知何强的。"

二麻子脸上惊异之色一闪而过,道:"你这话骗两岁的孩子去,诸暨的老百姓谁不知道你是大汉奸、大走狗?不要以为何队长牺牲了你就可以信口开河!"

刘泉沉思了一下,问何正酉:"你这样说有凭证吗?"

"没有,这事只有何强一人知道。"

刘泉摇摇头:"空口无凭,这就没有办法了。还有,你说二麻子给日军通风报信有凭证吗?"

"我亲眼看到他去找小野。我的眼睛绝对没看错。"

二麻子在旁边破口大骂:"你这个狗汉奸死到临头还想拉个垫背的。刘政委,你千万别相信汉奸的话。"

刘泉看看何正酉,又看看二麻子,似乎谁都难以相信。他掏出手枪,卸下弹夹,从口袋里掏出两粒子弹在手里掂了两下,然后压入弹夹上膛,盯着何正酉的眼睛说:"你让我凭什么相信你的话?除非你能证明自己。"

何正酉绝望地说:"好,我给你个证明,能不能把枪给我?"

二麻子正想拦阻,刘泉却痛快地过去给何正酉松绑,把枪塞到他手里。何正酉举起枪,顶在自己的心口之上:"我以死证明!"

"噗",一声闷响,何正酉向前一扑,倒在地上抽搐了两下,不动了。

门外的战士听到枪响,急忙冲了进来,见是何正酉自杀,都吃了一惊。刘泉过去捡起手枪,目光阴冷,盯着二麻子,突然问:"二麻子,何正酉已证明他说的话是真的了,他说在鬼子那儿见过你,你怎么解释?"

二麻子有些发慌,强笑道:"刘政委,他是胡说八道,你千万别中了汉奸的挑拨离间之计。"

"我也想相信你,我问你,你昨天进城干啥去了?"

"我去看个亲戚,请了假的。刘政委,你一定要相信我。"

"这容易,"刘泉指了指地上的何正酉,"只要你能证明自己。"

二麻子望了望众人,见大家都一言不发,知道都对自己产生怀疑了,今天这事眼望着不能善罢,他的脑门上不由得渗出了一层冷汗,牙一咬,说:"好,把枪给我!"

刘泉毫不犹豫地递枪给他,二麻子握枪在手,没等刘泉后退,枪口倏地指到了刘泉的脑门上:"刘泉,这是你逼我的!"

众人一阵骚动，刘泉面色如常，点点头："二麻子，内奸果然是你。"

这时候，地上的何正酉突然慢腾腾地爬了起来，除了刘泉，所有的人都不敢相信自己的眼睛，二麻子的眼珠子更是瞪成了铜铃："你……"

刘泉抬手把头上的枪拨开，笑道："那是空弹。"

二麻子手中的枪"当啷"一声掉到了地上。

原来，刘泉政委早已听何强说过何正酉是爱国抗日志士，知道当初他就是用空弹将何强当众"击毙"的。刚才，刘泉装子弹的时候，何正酉一眼看出那是空弹，心中先是疑惑不解，后来见刘泉意味深长地看了自己一眼，马上就明白了刘泉的用意，配合着他逼内奸现出了原形。

处置完内奸，刘泉挽留何正酉，说："正酉先生，你受的委屈太多了，你留下来，不要再回鬼子那边去了吧。"

何正酉何尝不想早日抛掉头上那顶汉奸帽子，可是自己留在日军身边起的作用或许更大。他二话没说，拿起桌上的手枪，朝着刘泉的胸口就是一枪，"啪"，刘泉应声而倒。大家猝不及防，又被结结实实地吓了一大跳，待见到地上的刘泉一脸的笑模样，才想起那是一发空弹。

何正酉笑嘻嘻地说："当然要回去，我又把游击队的政委给打死了，这就去日军那儿领功请赏！兄弟们，再见！"

说完，他起身急匆匆地走了。

刘泉爬起身，走到门口，向着他的背影郑重地行了一个军礼。在他身后，战士们不约而同地齐齐地把手举到了额前。

（文/黄　胜）

小诸葛"草船借箭"

　　上虞有个美丽的皂李湖。皂李湖三面环山,烟波浩渺,水域面积达两千多亩,秀美的湖光山色,可与千岛湖、西子湖相媲美。

　　皂李湖边有个村民叫梁天成,聪明能干,足智多谋,被人称为"小诸葛"。可惜前些年,梁天成在皂李湖边围鱼塘,办鸭场,开饭店,五马贩六羊,大炮改洋枪,只因为影响皂李湖的生态环境,被村民举报,受到环保部门处理,他的鱼塘、鸭场、饭店只好一个个关门大吉。现在,皂李湖这颗明珠,终于大放异彩,被上虞定位为旅游度假区,进行高质量大开发、大建设。梁天成看到,经过三年奋战,皂李湖清理淤泥一百二十万立方米,湖水平均深度增加到三米,水质达到Ⅰ类水标准,新造的十七孔皂李湖景观桥横跨湖面,皂李湖周边绿化景观、环湖道路、游船码头、入口门户、山坡游步道、景观小品及山上树林改造等基础建设相继跟进。梁天成看得双眼闪闪发光,心情非常激动,这正是他梦寐以求的呀!梁天成很想发挥自己的才干,在皂李湖这张蓝图上搞个好项目。

　　梁天成一连开了几个夜工,起草了创办一个集旅游观光、休闲运动、餐饮住宿于一体的"皂李湖悠然见南山农家庄园"的意向书。他概算了一下，项目第一期投资就要五千万元。梁天成摇摇头一声叹息：这可不是当年围鱼塘、办鸭场、开饭店，小打小闹，小本投入，自己哪有投资的条件啊？！

皂李湖李镇长下村搞调查研究，特地上门走访梁天成。李镇长笑着问："小诸葛呀，开发皂李湖，人人都是投资环境，个个都是项目人，你足智多谋，可有什么新创意、新打算？"梁天成挠挠头皮，苦笑着说："李镇长，我想创办一个皂李湖悠然见南山农家庄园，光第一期就要投入五千万元。这可不是诸葛亮摆'空城计'，只要一时骗过司马懿就成，这资金实打实要筹措的。"李镇长鼓励梁天成说："成事在天，谋事在人，希望你东山再起，为皂李湖发展谱写新篇章。"

送走李镇长，梁天成在自家院子里踱方步，想法子。他看到儿子梁飞宇在玩手机。儿子刚从浙江大学毕业，玩手机是在找工作，但儿子也利用手机在谈情说爱。半个多月前，梁天成斜眼看到儿子的手机上有一张小姑娘的照片，仔细一看，这不是徐师爷的女儿徐珊珊吗？儿子与徐珊珊两人的微信联系非常密切，用词造句很亲热，不用说，这是在交朋友、谈恋爱。梁天成不由得生了气。徐师爷叫徐一茂，说话做事一副师爷派头。当年梁天成围鱼塘、办鸭场、开饭店，都是这个徐师爷去举报的。梁天成曾经去找徐师爷沟通过："大家都是前门对后门的老邻居，抬头不见低头见，得饶人处且饶人，请你高抬贵手，别到处去举报我梁天成。"徐师爷听了，慢悠悠地刚要开口，一旁的女儿徐珊珊抢先说了。徐珊珊是春晖中学尖子生，一手文章写得好，一张嘴巴也像把剪刀，她说："梁伯伯，古代诸葛亮是个懂天文、识地理、知人心的智者，他运筹帷幄，决胜千里。你也是个'小诸葛'，而你却在皂李湖边办了个养鸭场，鸭屎湖中撒，鸭毛天上飞，污水臭气污染皂李湖，影响周围一片环境……"梁天成被徐珊珊噎得说不出一句话来，也知道自己理亏，惹不起这对徐师爷父女，只好随他们去举报，老老实实接受环保部门的处理。

俗话说，打结容易解结难，梁天成从此与徐师爷埋下一根刺，断绝了老邻居关系，两人见了面，也是反贴门神——不对脸，互不理睬。前几年，徐师爷跑到上海去打工，在上海买了房，一家人住在上海，从此两家人眼不见、心不烦，倒也相安无事。

没想到爸要长（志）气，儿子要放屁。现在儿子竟然与徐珊珊谈上了恋爱。梁天成关照儿子：你爸与徐珊珊爸的关系已经恶化，两家人也断绝了来往，如今你却与珊珊交朋友，要三思而行，依我的意见还是少与徐珊珊联系。

今天，梁天成突然改变主意，笑嘻嘻地问儿子：最近珊珊有照片发过来吗？儿子脸一红，眼一瞪，将了爸一军："爸，你不是让我与她少联系吗？"

梁天成向儿子脸孔一板说："爸随便说说的，你怎么说断就断。"儿子问："爸你究竟啥意思？"梁天成说："爸有点事，要去上海望望珊珊她爸。"儿子高兴地说："那好啊，我给珊珊发个微信。"梁天成拦住说："还是先别说我们要去，如果珊珊的师爷爸不欢迎我们去，那不是去不成了。我们就直接去，到了他家门口他要拒绝也难。"儿子赞道："老爸足智多谋。"儿子又问："我们空手去？"梁天成神秘一笑说："爸准备好了一份大礼！"

说走就走，梁天成开车上高速，两个多小时就到了上海徐一茂家门前。梁天成叫儿子发微信给徐珊珊，珊珊很快就出来了。几年不见，这小妮子出落得亭亭玉立，又秀美又文静。她见了梁天成父子笑靥如花，上前问好，说："梁叔叔几年没见，变得越发年轻了。"梁天梁乐得呵呵笑道："皂李湖的水土好呀，滋养人呗！"徐珊珊问："阿姨怎么没一起来？"梁天成说："你阿姨忙着呢，带着一班人在皂李湖边跳广场舞。"梁天成打开手机上的一个视频给徐珊珊看："你看，你阿姨舞跳得赞不赞？"徐珊珊鼓着掌连说赞赞赞。徐珊珊接着说："有机会我也要跟阿姨学习跳广场舞。"梁天成高兴地笑道："珊珊你以后天天有机会的，跟着阿姨天天学跳舞。"徐珊珊被说得脸染桃花，又大方地邀请说："梁叔叔，到我家去吧。"

梁天成拿出一份创办皂李湖悠然见南山农家庄园的意向书，向徐珊珊说："这是我送你爸的见面礼，请他仔细看一看。珊珊呀，当年因为我围鱼塘、办鸭场、开饭店的事,我和你爸的关系搞僵了,今天突然去见他,恐怕你爸一时转不过弯来,还是让飞宇先跟你去,你们两人缓冲一下,我在外面等候消息。"徐珊珊夸奖梁叔叔想得周到。

两人去了后,梁天成在外面等候消息,一等二等,等了一个多小时不见回音,有点着急了。这份意向书徐一茂顺看倒看,看十遍也看完了。在这份意向书上,有最关键的一句话:五千万元的资金筹措由徐一茂帮助落实。梁天成特意把这句话的字体放大、加粗,突出这件事的重要性。而眼下的情况,徐一茂会不会因解不开当年的结而拒绝帮助筹措资金?

梁天成想,徐一茂真要拒绝,也是一句话的事。他这是在摆师爷做派,故意慢腾腾的,让我急一急,解解他多年对我的一股子气。梁天成等不及了,资金流动性极强,那五千万元在别人手里捏着,分分秒秒都有失去的可能。

梁天成不请自来,闯进了徐一茂的家。一看果然是个僵局,徐一茂在自己房间里耐心看电视,徐珊珊和儿子在客厅里。梁天成进去后,徐一茂慢悠悠地从房间里走了出来,一番客套,寒暄、泡茶、请坐,说东道西,谈天说地,而对于由他帮助筹措资金的事,只字不提。

梁天成想:"好!你师爷打太极拳,我小诸葛使撒手锏。"梁天成说:"一茂兄呃,我家飞宇与你家珊珊自幼青梅竹马,从小学、初中到高中,都是同校同班同学,如今飞宇从浙江大学毕业,珊珊从上海复旦大学毕业,两个孩子心怀志向,报效家乡,要在皂李湖畔创业,我设想创办一个皂李湖悠然见南山农家庄园,为他们搭建一个奉献青春和才智的舞台,这事嘛,要借你一茂兄的东风……"

徐一茂师爷架子十足,稳笃笃地说:"天成老弟,你说错了!孩子的事是孩子的事,我不干预,也不过问。至于你创办这个皂李湖悠然见南山农家庄园的事,你岂能一厢情愿扯上我,要我帮助筹措这五千万元的资金?"

梁天成想,师爷果然是师爷,推得干干净净,说得圆圆滑滑,反说我错了。我小诸葛也不是白当的,杀你一个回马枪。梁天成说:"一茂兄,我想是你说错了！你说我一厢情愿扯上你？当年围鱼塘、办鸭场、开饭店，我并没有扯上你呀，你却去东举报、西举报，举报得非常出色。当然你举报得对，这些年的隔阂也主要是我的错，我借此机会向你补一个道歉。如今皂李湖旅游度假区作为重大项目进行开发建设，政府号召人人都是投资环境，个个都是项目人，我提出创办一个皂李湖悠然见南山农家庄园，这岂是我一厢情愿的事？难道你可以袖手旁观吗？可以漠不关心吗？难道我扯上你有错了吗？"

徐一茂终于举手投降，哈哈大笑起来说："小诸葛果然厉害！厉害！让徐某人插翅难逃！"

徐一茂一边说，一边去阳台打了个电话。

这个电话请来了一个人。此人是上海一家民营集团公司老总，他是徐一茂的姐夫。

由徐一茂牵线搭桥，梁天成把一份创办皂李湖悠然见南山农家庄园的意向书送到陈总手上。

陈总翻前翻后看了一会儿，沉吟不语。梁天成知道，陈总这是"纸上得来终觉浅"，他还要实地考察。梁天成早有准备，指挥徐珊珊和梁飞宇打开客厅的大彩电，把李镇长给他的《无边光景皂李湖》的实拍视频播放给陈总观看。

陈总目不转睛地盯着彩电屏幕，看着大自然赐予皂李湖的美丽风光，看着皂李湖在开发建设中展现的美好前景，高兴地向梁天成说："当年我做毛脚女婿时去上虞看过皂李湖，印象里那是一块未经雕琢的璞玉。今天皂李湖开发建设欣欣向荣，成为开发者发展的一方热土，我正在寻找合作伙伴，今天看上皂李湖了，你的项目五千万元资金可以立即到位。"梁天成紧握陈总的手，十分欣喜，也捏了一把汗，如果再迟一步，陈总今天的投资就会流失。

珊珊妈整了一桌丰盛的酒席招待客人。徐一茂为梁天成斟上酒，送上两句赞语:"小诸葛巧使项目,酬壮志'草船借箭'。"梁天成也回敬两句话:"'草船借箭'全靠东风,一靠今日皂李湖大展宏图、锦绣前程的东风,二靠你一茂兄携手合作倾心帮助的东风。"陈总听了,竖起大拇指呵呵一笑,赞道:"小诸葛这支借来的箭可是一箭三雕哟!"梁天成和徐一茂故意装不懂,问陈总何谓三雕。陈总说:"一是我们集团公司投资皂李湖这颗梧桐树的凤凰鸟,二是你们徐梁两人抛却前嫌携手合作的和谐鸟,三是两个孩子回乡创业的比翼鸟。"徐珊珊红着脸举杯嚷嚷:"别光顾说话了,干杯!干杯!"

(文/武 玉)

春夜暖流

　　下午,阿伟要去参加一个帮扶工作会议,发言的材料在家里,他便提前下了班。转过屋角,与山里女人打了个照面。只见她穿了一件很宽松的旧大衣,腹部鼓鼓的,像怀着七八个月的身孕。

　　见了阿伟,她的神情有些惊慌,脸一下子红得像火烧过似的,双手下意识地护住肚子,侧着身匆匆走过。中饭后出门,阿伟又碰上了山里女人,此时的她手上多了个布袋,看得出,袋里盛着几个圆圆的东西,肚子明显瘪了下去。

　　这一出一进,山里女人去做什么了?她的衣襟中是不是藏着布袋?那布袋里又是什么东西?阿伟回过头,望着山里女人的背影,脑袋里冒出了一连串的疑问。

　　关于山里女人,阿伟只知道她是春节后来的,还有一个孩子,住在底层东侧那间贮藏室里。妻子李嫂任楼栋长,她知道得更多。贮藏室是张婶家的,张婶说,这母子是她的一个远房亲戚,大山里来的,因孩子读书不方便,就到城里的私立学校来了。本来,学校要收一大笔费用,由于孩子聪明、懂事、成绩好,免去了一大半。又说,山里人家活路铜钱不多,手头紧,能省就省,只好暂住在这里。

贮藏室六平方米，又是朝北，初春的寒风可以一直吹到里壁。平日里，山里女人总是拉下一大半的卷帘门，人在里面，不知道在干什么，等到有事出来时门才会全部拉开。她很瘦小，也很胆小，遇到楼群里的人，笑一下算是打了招呼。

初春的夜晚，冷。阿伟关严门窗，坐到沙发上，与李嫂一起看电视，想起白天的所见，说出了心中的疑惑。李嫂定定地看着李伟，神情呆滞，过了好一会才回过神来，开了口。说的是，那天发觉山里女人的举止异常，她还跟踪过一回呢。

大约十天前，李嫂正在灶间洗菜，准备做午饭，楼下响起了刺耳的金属拉门声，那是山里女人发出的。李嫂往窗外一探，居高临下，看见了山里女人凸着的大肚，左顾右盼的神态，一副贼形狗势的样子。

这段时间，确切地说是这几天，楼群里发生了几件蹊跷事。一是三楼那户人家晾着的一件小男孩的毛衣，可能是被风吹到了楼下，等到发觉时，衣架在地上，毛衣却不见了。二是五楼那户人家要请客，在乡下买来了一只白洋鸭，足有五六斤重，关在楼梯底下，过了一个晚上就没了踪影。

住户悄悄耳语李嫂，李嫂悄悄报告派出所。

李嫂治安意识强，蹊跷事与眼前所看到的一联系，浑身一个激灵，随即放下手中的活，关上门跟了上去。平时爱看警匪侦探片，此时派上了大用场。她紧盯着目标，沿小巷，过短桥，穿闹市，很老练地利用人群、车辆做掩护。前面是一所小学，山里女人在校外围墙边站住了，李嫂拐入路边的小花园，蹲在竹篱后面。

已到了放学的时间，空气中飘来了一阵诱人的菜饭香，走出教室的学生纷纷涌向学校食堂。山里女人好像有些焦急，时不时地向校门口张望。

忽然，一个十多岁的小男孩贴着墙根小跑了过来，山里女人迎了上去，拉着小男孩的手，走到朝南向阳处。李嫂认得，小男孩是她的儿子。山里女人让儿子坐在石凳上，顺手脱下他的布鞋，扑打掉沾在鞋面的泥尘，又穿在小男孩的脚上。

天着实冷，凛冽的风透过篱笆，直往李嫂的领口袖口钻。

山里女人半蹲半跪在地上，解开几粒衣扣，将手伸了进去。李嫂屏气凝神，老花眼睛睁得像圆核桃，看"大肚"里掏出来的是什么宝货。山里女人像变魔术，先是摸出一双筷，接着拿出一只杯，最后是一只小饭盒，没有毛衣。

小男孩接过筷，打开杯盖，有滋有味地吃着热米饭，山里女人捧着菜盒坐在旁边，眼盯着孩子，满脸的幸福。

虽然隔着一段距离，可李嫂看得很真切，小盒里黑的是腌菜，黄的是萝卜丝，儿要母尝，母要儿吃的那片是咸肉，不是新鲜鸭肉。

李嫂回来，遇到了要去听保健课、拿鸡蛋的张婶。楼栋长有话藏不住，把看到的全转告了。张婶说的是，山里人家，生活条件不能与城里人比，亲戚面重，做事总是缩手缩脚的。又说，学校食堂里的菜太油，味精太多，孩子吃不惯。

不是吃不惯，可能是山里孩子明事理，知道父母赚钱不易，舍不得去买吧，李嫂是这样想的。张婶似乎也有同感，她停顿了一会，轻轻叹了一口气，说出了挂在嘴边的话："手头紧，能省就省。"

虽然没能抓到物证，但李嫂心头的阴影总无法抹去。就在那天下午，三楼的毛衣找到了，是被前面那幢的小土狗叼了去，垫在了自己的窝里。派出所也来了电话，说是通过查看监控录像，一路追踪，抓获了一个偷鸡摸狗的盗窃团伙，五楼的白洋鸭就是这伙人偷的。

几分愧疚，几分同情，李嫂叙述完，眼角有些潮湿了，心头酸酸的。她望着丈夫，说有几句话一直闷在心里，不知是否该说出来。

见李伟点了点头，李嫂说："我家的车库有二十多平方米，冬暖夏凉的，多年来一直空闲着，让母子俩住进来吧。另外，你写稿奖的那只大口保温瓶，既能盛饭,又能放菜,拎起来也轻便,我想明天就送给山里母子。"

阿伟一把拉过妻子的手,说道:"还有,你要多与她接触,让她放下自卑,树立自信,融入社区居民的生活。"

春夜里,夫妻俩双手紧握,顿觉一股暖流传导而来,注入彼此的心田,温暖全身。

（文/卢保军）

玩出新花样

剡州澄潭江边有个村庄叫丽湖村,丽湖村里有户人家,丈夫叫沈阿明,老婆叫张荷香。

沈阿明今年的财运真不好。他原来在县城一家小酒店做厨师,老婆就在家带带小孩,偶尔出去打打零工,小日子过得很滋润。没想到一场突如其来的疫情一下将他打回原形。酒店生意清淡,坚持不下去了,许多外贸企业的形势也不好,荷香连零工也没处打,趁着孩子还小,赶紧溜回村里。

今年正逢村里调整农田承包。村民都怕抓阄抓到村前那畈田。那一畈田,地势低,水泄不出,是有名的烂冻田,种稻大水要淹,蚂蟥要咬,种菜大水来了要浸,冬天容易冰冻。可就是怕什么来什么,沈阿明一抓就抓到了那畈烂冻田。母亲怨儿子生了双烂手抓到个烂阄,这样的烂田租给花木老板种花木也不要,一年的口粮钱也挣不回。

沈阿明心里不甘,跑去找村里驻村指导员许雯雯。这小姑娘,年纪不大,花样经特别多。说什么承包年限到了,就要按合同合理调整,否则不符合大多数人利益,还说要进行什么产业结构调整……理论是一大套一大套的。听人说小姑娘还是什么选调生,什么传"煤"专业毕业,煤专业的大学生都跑到乡下挖煤了，你看能有什么好事？

沈阿明找许雯雯，要求她把自己的烂田承包出去，只要有几百块钱补贴口粮就行。小姑娘一双大眼睛眨巴眨巴，沉吟片刻说："那好吧，你把你的田包给我，八百块钱一亩。我用来种茭白，从金鸡山江夏引种冷水茭白，种得好的话收入能上万。要不给你一亩一千元，我把它改造成一个小鱼塘，水塘养鱼，养螺蛳，养鸭子，养鹅，塘岸种植各式蔬菜、值钱果木……"

沈阿明一听这人见人厌的烂冻田还能变出这么多花样，忽然觉得心里有些不舍，连忙说："那让我回去找我老婆商量一下回复你，今年我真的很闲，也想找点事做的。"

晚上跟老婆张荷香一合计，荷香也赞成老公自己干，苦点累点没啥，现在外面挣钱难，有点自己的事可干，心中不慌。

第二天一早沈阿明就扛把锄头出了门。刚到村口，就听见村店老板叫："阿明干吗去啊？这么早。"阿明于是把昨天从许雯雯那儿听来的计划一说。店老板没等他说完，立刻笑他。"出空出空，出什么空啊，种茭白，那田里蚂蟥咬人，茭白叶子割人，你受得了啊，很苦的。小鱼塘，好是好，但前期你得投进多少钱啊。来来来，三缺一，有空就来我小店棋牌室玩麻将好了。"硬拉阿明进了小店。

阿明的宏大计划就这样搁浅了，天天小店里搓麻将。妻子见沈阿明这样不求上进，恨得不行，但也无可奈何无计可施。只是有一天，她忽然跟阿明提出要在田里种荷花，只要稍微铺一下防渗膜，投资也不大。还说大家都种，阿明知道又是那个"煤"专业大学生出的主意，也就随她去了。

只是有件事阿明不放心。妻子天天跑出去跟那许雯雯学什么鬼步舞，搞什么旗袍秀发抖音。妻子张荷香身材好，长得也秀气，那老男人、小男人见了还不是一拨拨来。妻子还笑阿明土，不知道那一拨拨来的叫粉丝，叫流量，常常一个人对着手机哈哈傻乐，自言自语。阿明于是与妻子约定，跳舞可以，但不可以跟其他男人搂搂抱抱。妻子也跟阿明约定，麻将小搞搞可以，牌九洞宝罗松玩大的,别怪老娘刀剑无情。

日子就这样一天天过去。也真奇怪,那荒了好几年的烂冻田,荷花却长得出奇的好。茎条长得比人高,荷叶大得如洗脚盆。荷花开了,一朵一朵密密麻麻,每朵足足海碗大。听说是那驻村指导员从外地引进的新品种,引得四邻八乡的村民赶来看稀奇。

城里人也赶来,村里小店买东西的人突然多了,矿泉水、方便面,贵一点也有人买。这城里人就是怪,就这样一拨一拨来,一拨一拨发朋友圈,又引得一拨一拨人来。还有人甚至晚上也会来,说是要体验一下朱先生笔下的荷塘月色。

荷花长成莲蓬时,妻子就在田边撑起一把大伞卖莲蓬,十元钱三个,加她微信还可以送一个。妻子长得漂亮,人热情,嘴巴甜,加她的人居然很多,看得沈阿明心生几分醋劲:这娘们,看她疯的!

老娘见媳妇忙,赶过去帮忙。媳妇说:"娘,你那麦荷做得好,小宝和我都爱吃。你就在我边上支口锅,摊你的麦荷卖吧。"阿明娘一听,对啊,这么多城里人,不愁麦荷卖不掉,自己摊麦荷也是祖传手艺,远近有名,大娘有这个自信。大娘摊麦荷那天,那个许雯雯就围着大娘使劲拍照、拍视频。沈阿明现在知道了,那姑娘传媒专业的"媒"跟挖煤的"煤"不一样。许雯雯拍下来,剪辑制作好,就交给妻子发到朋友圈里。这个女人不寻常。

阿明娘也出了名,"大娘麦荷"成了网红小吃。城里人有时不为看荷花,而就为吃大娘麦荷赶到乡下。那许雯雯又给大娘送来一块一人多高的广告牌,上面写着"剡州第一网红小吃'大娘麦荷'",把大娘乐得见人就说:"老都老了,没想到一不小心成了剡州名人。"

来吃大娘麦荷的人实在太多,大娘就把摊位挪到家里。幸好阿明家正好在路边,正对荷田,既能赏荷,又能享受美食。大娘忙不过来,阿明也上阵帮忙。妻子却不来,卖完莲蓬又采起了荷叶,一张张新鲜荷叶采下来,洗净晒干,带着一阵阵清香。

　　忽然有一天,妻子缠着沈阿明给自己做烤鸭吃。阿明那烤鸭,是偷偷跟酒店里的北京老师傅学的,是原来酒店的招牌菜。阿明曾在家里练过几次,为了烤得正宗,还特意在乡下老家砌了一个土灶烤炉,现在正好派上用场。这次阿明为让老婆开心,精心挑选食材,从腌制、配料、火候……道道工序一丝不苟,还特意按照妻子的要求,裹上了几层荷叶。在烤鸭出炉后打开荷叶的瞬间,淡淡的荷叶香、浓郁的烤鸭味四下飘散,看那烤鸭外酥里嫩,忍不住咬一口,唇齿留香。妻子荷香看到那让人垂涎欲滴的美食,并不趁热吃,一个劲地拍起视频,开启抖音现场直播。"大家请看,这是我老公特意为我做的爱妻型'荷香烤鸭'。我老公原是老三老四小酒店厨师,深得酒店里的北京老师傅烤鸭技艺真传。经过自己发展创新,最新推出爱妻型'荷香烤鸭'。快看我家宝贝,吃得多香。"儿子也不顾手上油乎乎,配合妈妈冲镜头一笑,伸手比了个"二"……

　　"你爱你妻子吗?你爱你孩子吗?赶紧拿出实际行动,下单订购'大娘麦荷'最新推出的'荷香烤鸭'……"

　　场外粉丝纷纷点赞下单……看得丈夫沈阿明目瞪口呆,顿觉前途一片光明。

　　晚上睡床上,阿明兴奋得翻来覆去睡不着,忍不住问妻子荷香:"你这抖音视频都是那传媒专业的许雯雯帮你弄好的吧?"妻子听了,把眼一瞪,一双大眼更显明亮。说:"你太小看我了吧,这'荷香烤鸭',可是我张荷香一手构思策划的。你不知道,许雯雯要走了,回市传媒中心,她说以后的路还得靠我们自己走。"沈阿明点点头,说:"那还得请她过来尝尝'荷香烤鸭'。"转念又想:这荷田、荷叶、荷花都弄完了,那到冬天白白嫩嫩的莲藕挖出来,又能玩出啥新花样?

(文/施红斌)

拯 救

一

不知从什么时候开始,孟利锋的嘴巴开始发臭了。

孟利锋接听了一个电话,简直要崩溃了。儿子得了一种怪病,也叫不出什么名堂来,只是这种急性病会要他的小命。人生无常,命运一下子将他推到了生与死的边缘。更要命的是,儿子的精神也开始变得异常,据目击者说,他屡次站在高楼的窗前,在阳台上徘徊,有时一坐就是半天,像是得了抑郁症,很有自杀的倾向。

孟利锋的心情就像绵绵不绝的黄梅雨,高高隆起的啤酒肚也像装满了火药,像有一群冤魂不散的怨鬼在里面闹。

孟利锋只有这么一根独苗,要是儿子有个三长两短,他也就不活了。救护车拉着儿子,箭一般地飞奔,很快就来到了人民医院。儿子被推进了手术室。可手术室里没有做手术的医生,孟利锋就问那个大眼睛的女医生,做手术的医生在哪里,她告诉他,做手术的主刀医生林竹静正在路上,从家里往医院赶。孟利锋冷笑一声,他是在家里上班的?她没有吱声。孟利锋狠狠地瞪了她一眼,那么大的一个医院,就没有别的医生了?那个叫江小兰的女医生脱口而出，你儿子那种怪病，只有林医生看得出来是什么病，全医院也只有他才会做这种手术。

稍后，她又补充了几句，他这方面的技术在国内首屈一指，在国际上也颇有名望，他还出席过国际学术研讨会，交流过相关的论文呢。孟利锋从心底里"哼"了一声，什么狗屁专家，恐怕是拍砖的"砖家"吧，他要是耽误了救活我儿子的黄金时间，信不信我用砖拍碎他的脑袋。她在心里骂了一句，今天怎么这么倒霉，怕是碰到了一个属狗的。

时间在一分一秒地过去，听不到脚步声。可是，能够清晰地听到孟利锋怦怦的心跳声，还有急促的呼吸声。他的个子并不高，却十分结实，嗓音显得特别粗大。他眉头紧锁，开始一支接一支地抽烟。一圈圈的烟雾在走廊上弥漫开来，像笼罩在他头顶的乌云。江小兰也轻轻皱了一下眉头，她本来想劝阻他的，医院里是禁止吸烟的，墙上也赫然挂着"请勿吸烟"的牌子。但一看到他那副凶神恶煞的样子，心头掠过一种本能的恐惧，话到嘴边又咽了下去。

林医生终于风尘仆仆地赶来了，穿着白大褂。他是个瘦高个儿，如一竿自带清风的青竹。他的眼睛红红的，像个半熟的桃子，眼袋处有黑乎乎的熊猫圈，显然睡眠严重不足，好像他有几天几夜没有睡觉了。

孟利锋心头那根弦一下子绷得很紧，那张脸也绷成了皮鼓，他恶狠狠地横了他一眼，没有理睬他，林医生也没有与他打招呼，正想进手术室，冷不防一只胳膊被孟利锋捏住了，林医生感到一阵要骨折了似的疼痛，孟利锋好像会武功。孟利锋目不转睛地盯住林竹静，那种刀子一般锋利的目光中，充满了敌意，仿佛林医生迟来了一步，就成了他不共戴天的敌人。

几乎同时，孟利锋的手掌也想扬起来了，他想狠狠地打林医生一个响亮的耳光，孟利锋将自己的手掌当成砖头了。这"铁砂掌"如果真的劈下去，在林医生的脸上不烙下一个"九阴白骨"爪，那才是咄咄怪事呢。那时那刻，孟利锋掌嘴的理由足够充分，他的亲生儿子得了急性怪病，林医生居然还敢来得这么迟，人命关天知不知道？要是真的出了人命，那怎么办？还说救死扶伤,医生的职业道德到哪里去了?

按照孟利锋的强盗逻辑,他的宝贝儿子得了怪病,那全世界都得为他服务。至于医生,毫无疑问得随叫随到,否则还能叫医生吗?

孟利锋终于没有扬起他的铁掌大手,自然林医生的脸上也没有烙下什么血手印。孟利锋这时神志还是拎得清的,自己的宝贝儿子还在手术室里,在手术台上平躺着,等着林医生去动手术,让其起死回生。

孟利锋依然揪着林医生的衣袖,如果林医生用力挣脱,恐怕会发出一声震天雷般的绝响,这样的话,孟利锋的手上,会有一片从白大褂上扯下来的白布片,像白云一样飘动。可是,这样的事并没有发生。林医生轻轻地挪移开了孟利锋的手,轻描淡写地说,事关你儿子的生死,请不要再浪费时间了。你就待在外边,好好地为你儿子祝福吧。

话音未落,林医生转身就匆匆进了手术室。一位男助手早就等在里面了,要将一个年轻的生命从阎王爷手中夺回来,确实不是一件很容易的事,甚至比登天还要难。

手术室里面的情景孟利锋就无从知晓了,看到外边的情景,自然也别有一番滋味在心头。孟利锋像入了魔,不时地在走廊上晃来晃去,那种焦急全写在脸上。他还不时地朝手术室张望,只是那目光被门挡了回来。

做手术的时间显得特别漫长,就像过了漫长的一个世纪。特别是那个爱子心切的孟利锋,连踹门的念想与冲动都有了。仿佛这一墙之隔的手术室,里面不是在举行一场生死线上的赛跑,企图从死神手中夺回一个活蹦乱跳的生命,救活一条正在浅水区垂死挣扎的鱼,抓起来放回深水里,恰恰相反,孟利锋觉得这是在进行一场血腥的谋杀。

孟利锋快要疯了。而那位大眼睛的漂亮女医生江小兰,脸上带着一丝迷茫而又有些疲倦的神色,她几乎要迷迷糊糊地睡着了。仔细看上去,她有些苍白的脸上,似乎还有点儿惊恐。她努力克制着自己,尽可能不让自己稀里糊涂地进入梦乡。

作为林竹静最得力的助手,江小兰本来也想进手术室协助林医生做手术的,可林医生用坚定的眼神告诉她,绝不允许她进去。他锐利中隐含着慈悲的目光还在暗示她,尽快离开这里。没有人会注意到,临进去时,江小兰还想进手术室,林医生轻轻地推了她一把,决然不让她进去。

本来江小兰是可以早点离开这里的,可不知为什么她留了下来。有一种感觉告诉她,眼前这位病人的家属不是一位善角色,她得将他看住了,免得他不顾一切地闹起来,影响林医生做手术。

二

这场手术显得特别漫长,对孟利锋来说,像是经历了又一个漫长的世纪。

门终于打开了,一位女护士将病人推了出来,他静静地躺在推车上,身上盖着白布,脸露在外面。他是不是离开了世界,尸体通常是盖着白布的,包括脸也是盖住的。孟利锋又一次发疯了,发飙了,他正要扑上去,被随后出来的助手,一位高大威猛的男医生拦住了。助手让他安静点,安稳点,不要再无理取闹,病人需要休息,需要安静。病人将被转移到特殊的病房里去,接受特别护理。

林竹静并没有马上出来,他是不是害怕了?

一切并不像孟利锋想象的那样,林医生是累了,靠在手术台上,休息了一会儿。林医生终于出来了,孟利锋像大山一样拦在他的面前,问他儿子到底怎么样了。林医生轻描淡写地告诉他,他的儿子现在应该没事了。孟利锋似乎还不相信,又要去揪林医生的衣袖,对方很机敏地闪开了。

刚才林医生出来时,江小兰已经隐身在一旁,不让他看见。她温柔的目光挂着淡淡的泪痕,默默地注视着他。

随即,林医生挣脱孟利锋的纠缠,匆匆离去,就像他匆匆而来。他连白大褂也没有脱,就像一朵白云无声地飘走了。

江小兰目送着林医生远去的背影,她炯炯有神的大眼睛里,清澈的目光中早已盈满了晶莹的泪水，像一汪清泉。

孟利锋一下子失重了，就像没有了支点，失去了重心。他站立不稳，差一点跌倒。他愤愤不平起来，心理也严重失衡了。怎么会有这样不负责任的医生？来的时候迟到，去的时候匆忙，连个招呼也不打。这样来无影，去无踪，神龙见首不见尾，难道他就是这样上班的？不为良相，便为良医，医者仁心，可他连一点儿爱心与耐心都没有，根本就没把病人放在心上，还白衣天使呢。就算他儿子没事了，孟利锋也没打算放过这位林医生。

那一刻，孟利锋像中了狂犬病毒，嘴里冒出一股浓郁的异味，似乎还有着昨夜遗留的酒气。

孟利锋想到了找医院领导，想到了投诉。他内心狂躁，全身不停地骚动着，像一条毒蛇一样要出洞了，蠢蠢欲动。

江小兰瞅了瞅他，眼睛依然是湿润的，目光中充满了怜悯，那种来自骨子里的，带着疼痛的怜悯。

江小兰欲言又止。最终，她还是忍不住说了出来。原来，林医生唯一的儿子，一名消防队员，就在前天，在救火中壮烈牺牲了。林医生现在应当在奔赴殡仪馆的路上。

江小兰的眼圈红红的。她拼命克制着，才没有下一场滂沱大雨。她当然没有告诉他，那名牺牲的消防战士，也是她的初恋情人。

江小兰终于也转身走了，她也要去看他最后一眼，在恋人被火化之前。

只有孟利锋依然直愣愣地站在原地，一动也不动，仿佛他的脚下生了根。他呆呆地看着他们一前一后离去，眼睛瞪得像铜铃，一脸迷茫。他当然也弄不明白，自己眼巴巴地看着他们的背影消失，到底是该继续站成一根木头，还是扑通一声跪下来。

（文/吴瑞贤）

就要治治你

　　由于经济条件不好，老王结婚很迟，四十岁才中年得子。过了几年，夫妻俩到家附近一家公司上班，而小学距离住处有半个小时的车程。自从老王父亲回老家照顾身体不适的老伴后，八岁儿子没人送去上小学，怎么办呢？夫妻俩脱不了身，请假终非长久之计，无计可施之下，干脆心一横，老王试着在群里发了个求助信息。过了半天，先后有几个人报名应征，问了几个实质性问题后，大都感到不适合自己，知趣地退了，直至最后一个和老王聊了起来，才有点上路，可谈到具体价格时候，对方嫌一千块钱一个月接送费太少，要一千五才可考虑，老王耐着性子说："接送小孩上学放学，一天就来回一个多小时，除了双休日，一个月才二十二天工作日。"

　　"说是说一个多小时，可我一天工夫就浪费了，其他工作根本无暇顾及，在这城市打工，总要让我日子混下去吧，出门到处都要花钱，少于一千五，起码的生活费也不够，怎么活！"

　　谈了半天，双方在工价上无法谈妥。老王夫妻俩是公司普通职员，拿着死工资，要负担一家吃喝拉撒，每到月底所剩无几，高价接送实在无法承受，只得以再考虑为由，挂了电话。

　　过了几天，还是没人回应，就在老王不抱希望时，群里有人回应了。欣喜的老王加了对方微信后，两人就聊了起来。对方姓张，与人合租在附近一条小巷里，因为淡季，待岗，闲着没事干，听说老王求助信息后，愿意试试。下午，老王夫妻专程过去核实了他的身份：小张是个二十出头的小伙子，长得高大帅气，话语不多，沉默时，嘴角有一丝淡淡的忧伤。通过交谈，老王了解到小张自小生长在单亲家庭中，去年母亲再婚后，他便独自来城市打拼，通过亲友介绍到一家企业上班。最后在接送费上，吸取了上次应征者的教训，老王小心翼翼地说："每天来回就一个多小时时间，根据上班时间多少确定工价，我们出一千接送费，你认为如何？不合适可以提出来，再商量。"

没想到小张不讨价还价，一口应允了。老王本来想对方如果嫌少，一定要再涨二百也就算了，没想到小张如此干脆利落，烦心的事情就这样轻易落实了。

当天中饭后，趁着空闲，老王趁热打铁，兴冲冲带小张熟悉环境和路况，沿路他一一介绍："这是城中路，沿着越秀路拐弯走西前街，然后过西桥右转就是学校了。"

小张用力地点点头，记了下来。回家后考虑到小张手头拮据，老王还热心地送了他不少生活用品。第二天早晨，小张骑着电瓶车，正式上岗。看得出，小张是个有心之人，一进门就和儿子套近乎。儿子刚开始和他有点生疏，当小张从身后拿出给儿子买的一包食品时，小孩子兴奋起来，和小张的拘束感也消除了。时间一长，小张哥哥、哥哥，儿子叫得欢。由于做了预案，一切顺利，开头几天学校传达室也告之平安到达后，老王的心也慢慢放下了。

没想到安心的日子没过一个月。一天下午，接送儿子上学的小张半路上惊慌失措打来电话，说回程路上，车多人挤，经过某小区时，门口窜出几只互相追逐的狗，为了车子不撞上狗，小张一个急刹，后面的两个电瓶车主眼见形势不好，躲避不及，发生了连环追尾，几个人人仰马翻倒在路边绿化带旁，等老王心急如焚地赶去时，见小张哭丧着脸站在一边，而后面两个追尾电瓶车主，揉着受伤的部位，嘴上骂骂咧咧，最后面一个车主，见事情因狗而起,加上损失不大,骂了几句,只得自认倒霉,慢慢走了。受伤的大个子车主却得理不饶人,气势汹汹地指着老王:"家长来了也不怕,就要治治你,这么大的人,家长平时怎么教骑车的?损坏东西要赔!天经地义,不赔不行的,你知道我身体一向很棒的,现在身子骨都在痛啊。"说着脸上装出痛苦的表情。

错的是自己人,毕竟理亏,老王只得尽量放下身段,好话讲尽。俗话说,好汉不打笑脸人,后来在周围人劝说下,大个子车主语气也明显软了不少,原来狮子大开口,一定要赔两万元,因为他是在去谈一项工程的路上出状况的,耽误了不少时间,还要去大医院全部查一下,还要两个月误工费。这钱叫小张出吧,不现实,拿不出不说,他在口袋里掏了半天,先掏出一百元,随后又掏出十元、二十元的票子,点了点零零碎碎也只有一百五十多元,算是他身上的所有钱了,小张又不是故意的,再说是在帮老王带孩子的路上出的事,没有办法,后来在老王再三恳求之下,东借西凑忍痛赔了对方一万元,又写了一张五千元欠条,大个子车主才罢休。末了签名时,大个子车主惊讶地问:"你叫王全吗?好熟悉的名字,有没有搞错?"

"名取得俗气,这么多人,肯定免不了同名的。"老王涨红着脸大声说:"怎么能错呢!错不了,不信可以看身份证。"说着从身上拿出证件。

大个子拿去翻来覆去看了半天,最后疑惑地看着老王:王全,王全,这名字这么熟悉。

"我们村确实有个王全,是住在村东的,我住村西河边,同名的,但字不一样。"

至此,大个子车主叽里呱啦打了一通电话后,又是微信聊了半天,才带着歉意不好意思地对老王说:"对不起,对象搞错了!"忙不迭退还了赔偿款和欠条。"原来,你就是前段时间,抢救落水儿童的无名英雄——王全!难怪刚才有点眼熟,你救人的事迹,我在报纸上看到过,刚才单位同事群发图片,你被人一下子认了出来,现在才明白。碰到好人了,难得!"大个子一脸歉意。"刚才车碰撞了一下,虽然车有了损失,身体也受了伤,但无大碍,没什么大不了的事情,如果对你这样的好人还要落井下石,问心有愧啊。"

话风大变,老王受宠若惊:"前段时间我确实帮了那个小孩,这也是路过的我应该做的,一件小事,不说我真的忘记了。但是一码归一码,你受了伤,车也要修,我怎能不赔你损失呢。"老王再三要把钱还回去。

大个子坚辞不受,说:"在好人那做这样的事,我还是人吗?传出去,还不被人骂死。对了,说一声,我的伤没你想象的那么严重,刚才是夸张了点,没大碍。"说着,大个子一拐一拐走过去骑上撞破了壳的电瓶车走了。

小张觉得事是由他不小心引发的,愧疚之下说了声:"王叔,对不起你了,我也向你认一个错。我知道你早先对我干这低价接送存疑。我愿意干这活,是因为:第一,当时饥不择食,好工作难找,只能先干了再说。第二,就是打算取得你信任后在你身上多揩点油,把失去的损失补回来。因为我实在太缺钱了,才开始做接送,是我玩欲擒故纵的小把戏,以前你从来不说乐于助人的事,现在才知道王叔能舍命救一个素不相识的儿童。这让我明白了,钱不是唯一的,实实在在做个好人才是最重要的。"说完起身要走,老王一把拉住他:"你去哪里?不接孩子放学了?"

"啊!你还叫我接?"

"当然,一个人难免出错,只要能改就是好孩子。"见小张吐露心声,感动之余,老王已想出一个点子。同校一个家长的小孩也顺路,老王想把这个接送单子接下来。他实在不忍心这个年轻人就此荒废了,他想拉小张一把。虽然开始钱少点,但是只要努力上进,日子肯定会越来越好。小张被老王的坦诚和爱心所感动,考虑了一下,伸出右手,双方一拍即合,"接送小孩工作,我想长期做下去。"

"成交。"

(文/丁 武)

一个都不能落下

野猫岭村的汪忠兴年轻时是种梨专业户,喜欢扭秧歌,在乡亲们眼里是个能人。那一年乡里举办扭秧歌比赛,他拿了第一名,还顺带着把比赛的对手彩珠"扭"回了家当了老婆。村里人见他那么能干,就选他当了村支书。汪忠兴也比较激动,当着全村人的面说:"既然大家这么相信我,我一定带领大家致富,一个也不落下。"为了这句话,他也不扭秧歌了,一门心思带领大家种植蜜梨。这些年来,全村人基本走上了致富之路。

眼下,汪忠兴过几年要退休了,可他却放心不下那个叫陈强的年轻人。这个陈强二十多岁,高中毕业回村与父母一起务农,前几年父母不幸去世了,这下陈强心灰意冷,加上缺少管束,养成了好吃懒做的习性,成了全村唯一的困难户。

汪忠兴对陈强家的情况还是比较了解的,陈强父母在的时候承包了二十亩荒地准备种蜜梨,谁知梨还没种上两口子就"走"了,地一直荒废着,只要能种上蜜梨,并好好打理,然后养些波尔羊,不用几年就能走上致富之路。所以,汪忠兴自己掏钱买了梨树苗和植根肥,外加两只波尔羊当种羊送到陈强家。陈强可开心了,当着汪忠兴的面将羊放到了荒地上,自己操起锄头种起了树苗。汪忠兴见他干劲十足,才放心地回了村委办公室。

隔了几天,汪忠兴去查看种植情况,没想到陈强抠着脚趾端着酒碗在吃羊肉。汪忠兴问他:"陈强,你不种树苗,怎么在吃酒呀?"陈强打了个饱嗝说:"树苗枯死了,我把羊杀了,刚好用枯树苗烧了羊肉。"说完还补了句:"植根肥给了隔壁老张伯,和他换了二十斤荞麦烧。"

天哪!汪忠兴做梦也没想到,自己搭进了上万元钱竟然得到了这么个结果。回到家,老婆彩珠埋怨他说:"这陈强就是个扶不起的刘阿斗,你搭了那么多钱,图个啥?"

汪忠兴叹了口气说:"我当初说过,要带着所有人走上致富之路,不能丢下他不管呀!"

"可你已经尽力了呀!还搭了钱,依我看,让他自生自灭好了。"

汪忠兴瞪了老伴一眼,斩钉截铁地说了句:"我是共产党员,还是村支书,说过的话一定要算数,致富路上,一个都不能落下。"

话音刚落,门外传来了女儿丽丽的声音:"老爸说得对!"

老两口见女儿回来了,火气也消了。彩珠假装不高兴,说:"你呀!就知道护着你爸,这陈强是个败家子,再帮下去,连我们家也要搭进去了。"

丽丽安慰说:"妈,陈强是我同学,他本性不坏,无非是大学没考上,再加上父母突然去世,让他对生活失去了信心。"说着,她转头对父亲说:"爸,我们再帮他一次,你出钱,我出技术,我就不相信陈强哥会是个刘阿斗。"

汪忠兴知道女儿在大学里是学蜜梨种植的,他转头用商量的口气对老婆说:"陈强这孩子没爹没妈的,就算我不是村支书也得帮一把,要不,我们听女儿的,再帮一帮?!"彩珠没好气地应了声:"你们父女俩的事,我不管,别把家全搭进去就行。"

丽丽路子广,很快打电话联系好了苗木的事,汪忠兴也打电话叫了几个帮工和一辆小型挖掘机。本想通知陈强一声,可电话连打了几次,对方的手机竟然欠费停机了。

第二天下午苗木运到,汪忠兴就直接带着人到了荒地,还没动手,陈强就跑来质问:"这是我家的承包地,你们为啥来种东西?"

汪忠兴没好气地说了句:"你是我祖宗,我出钱出力还遭你埋怨,这是帮你种呢,省得你又当柴火烧掉。记着,这钱是要还的,等下给我写张欠条,等蜜梨出产了还我。"

陈强正想说什么,边上的丽丽甜甜地叫了声:"陈强哥,我们帮你把苗木种下,以后技术上的问题我来解决,你可要好好打理喔!"

陈强就算是傻子,也知道这是好事,他连连点头:"一定,一定。"说着,拿来了笔和纸,写了张欠条,还按了手印,然后硬着头皮跟着大家干了起来。因为有挖掘机帮忙,苗木没几天就种下了。丽丽也三天两头回家去蜜梨地辅导。

钱借出去容易要回来难,汪忠兴要想拿回欠条上的钱,除非陈强的蜜梨出产。可陈强是个缺少管束的人,好几次嫌干活累,偷偷溜出去打麻将或出去玩。汪忠兴知道后,气呼呼地拿着欠条去找陈强,说:"你干活三天打鱼两天晒网,我可不能让自己的钱打了水漂,还钱!"

陈强哪有钱还呀!只好讨饶:"汪书记,我现在真没钱,等梨园出产了,我一定还钱。"

"你不好好干,这梨树就算挂了梨,也是僵尸梨,鬼要!"

陈强连忙保证:"汪书记,我马上去梨园好好干,你放心!"然后飞也似的溜回了梨园。

这钱一借就是三年多,陈强的梨园也开始挂果了,汪忠兴也长长地松了口气。这天,快嘴婶和彩珠开玩笑:"阿婶,你家借给陈强的钱可算打了水漂了,这几天别人都忙着采蜜梨卖蜜梨,他倒好,打扮得油头粉面,还搭着个花枝招展的女人,成西门庆了。"

什么?这话惹急了彩珠,她回家后警告汪忠兴,不许他和女儿再去陈强那里帮忙，免得人家说闲话。汪忠兴说："眼见为实，我们去梨园看看到底是真是假。"

夫妻俩说走就走，果然在梨园里见到了油头粉面的陈强，他旁边站着个打扮得花枝招展的女人。彩珠心里"咯噔"了下，看来快嘴婶说的是真的！她扭头就要走，那个女人却喊了一声："妈！"

夫妻俩定睛一瞧，才发现是丽丽！怎么回事呀？丽丽一向素面朝天，今天浓妆艳抹，两口子愣是没认出来。丽丽举着个手机，说："爸，妈，我们在梨园里直播呢！"陈强也不好意思地挠头，"我们打扮成这样子你们是不是不大习惯？可是要直播，只能这样。"

直播？汪忠兴夫妇可不懂这新名词，等丽丽一解释，两人明白了。原来，每年到了蜜梨销售的时节，种植户都在路边搭简易棚子叫卖，辛苦不说，一天也拉不到几个客户，价格也不高，还影响美观。陈强想到了直播销售这一招，但他不懂怎么操作，打电话向丽丽求教。丽丽很感兴趣，索性亲自上阵，和陈强搭档直播销售。为了上镜，才打扮成这般模样。

误会解除了，汪忠兴点点头问："这个直播效果好吗？"

陈强有点沮丧："不太好，没卖多少。观众说我俩直播没特点，不够刺激。我想好了，把梨处理完，我就打工去。叔，你放心，欠你的钱，我打工赚了钱一定还！"

汪忠兴也有点感叹，说："钱的事不急，你别急着去打工，卖梨的事，我来想办法。"说着，他拿出手机，询问直播如何操作。丽丽边教他边笑着说："爸，你不是一直反对我们玩手机吗？"汪忠兴尴尬地笑了笑："我是与时俱进。"

几天后，蜜梨大批量上市，陈强和丽丽的直播销售法还是难见成效，急得他们都要上房了。正在为难之时，汪忠兴来找陈强了，告诉他们明天继续直播，搞个现场吃梨表演，也就是"吃播"，并要他明天上午九点钟开始，说到时他也会过来助力。

丽丽问:"爸,直播你懂吗?"汪忠兴边走边回答:"那天你教了我一下,我回家研究了几天,早学会了!"

第二天上午九点,陈强和丽丽打开直播软件后在梨园里吃起了梨,正在这时,汪忠兴和他老婆彩珠穿着传统服装,头上戴着红头巾,脸上涂脂抹粉,在他俩身后一扭一扭地扭起了秧歌……

这下好了,扭秧歌的镜头直播了出去,网上顿时热闹了。两个小年轻都傻了,一下子连塞进嘴里的梨都忘了吃……

夫妻俩以前可是扭秧歌的高手,现在重操旧业越扭越起劲。这一招的确厉害,直播间中粉丝数量噌噌噌地往上长,一下子突破了三万,下单买梨的人似乎也涨个不停,看得陈强眼睛都直了。

直播结束,丽丽问老爸,这是怎么回事?汪忠兴笑笑说:"我觉得直播卖梨是个好办法。正好我和你妈年轻时候会扭秧歌,就扮上了。哎,我说陈强呀,你还可以用这直播,播一些梨园风光,让城里人来我们的梨园吃蜜梨、逛山村……"

陈强点头说:"叔,我听你的,一心一意种蜜梨,你怎么说,我就怎么做!"丽丽看了一眼陈强,开玩笑地说:"我爸怎么说你怎么做?你好像很怕我爸?"

陈强搓了搓手,轻声说:"叔手上有我的欠条,我怕他向我追债呀。"汪忠兴瞪了他一眼说:"借条我早撕了,没打算向你要回那笔钱。"陈强有些蒙了:"叔,你这样帮我,不是为了拿回借款,那你为了啥呀?"

汪忠兴掷地有声地说了句:"因为,我当选村支书时当着全村人的面说过,奔小康的路上,一个也不能落下!"

(文/徐永忠)

一场跨越世纪的"接力跑"

"下面,请岩水窝村五位老书记,依次将象征岩水窝村美丽和谐的幸福棒传递至新任的第六任书记杨一帆的手中……"

这是在全省村级党组织选举后,岩水窝村别开生面的新老书记交接仪式上发生的一幕。这根"接力棒"自岩水窝村第一任书记开始,历经五任书记,整整七十年,一棒接一棒,演绎了一场跌宕起伏的跨世纪"接力跑",跑出了美丽乡村的"加速度",跑出了村民百姓的"信任度",跑出了基层组织的"美誉度"……

第一棒:艰苦创业紧握"劳动棒"

"岩水窝,洪水窝,前面是溪滩,后面是岩山,洪水来了鸡鸭打抲,有囡不嫁岩水窝。"这首民谣是当年岩水窝村的真实写照。岩水窝村地处山与河的中间地带,因为临河而居,每逢夏天雨季,这里便成了洪泛区,与中国共产党同龄的第一任老书记吕战红是这场跨越世纪"接力跑"的第一棒。

1954 年 7 月 1 日,吕战红加入中国共产党,是当地首批党员之一,也是

第一任党支部书记，摆在她面前的主要任务是抗洪抢险，而抗洪抢险最重要的内容是修筑绕村的大坝，上游的洪水泥沙俱下，河床在不断抬升。因此，吕战红虽身躯不足九十斤，却肩挑一百五十多斤的黄沙，穿梭在风雨之中。

上游的水库修起来了，堤坝也加高加固了，吕战红就带领乡亲们将村边的一大片洪泛区进行良田化改造，兴建水利设施，田成方，渠成行，硬是将村边的这片"大水滩"变成"黄金滩"。同时，吕战红还将村后的荒山进行开垦，种植水果，使昔日的"癞头山"变成了"金山银山"。吕战红紧握"劳动棒"带领大家艰苦创业，为岩水窝村今后的发展打下了坚实的基础，吕战红也被评为浙江省劳动模范。

第二棒：勇战粮荒扔掉"讨饭棒"

1959年，袁万良接替吕战红担任了岩水窝村的第二任书记，也就是接过了"接力跑"的"第二棒"。而老天不公，袁万良接手的"第二棒"时期刚好碰上了三年困难时期，加上自然灾害，村里大多数人家穷得揭不开锅，全村一千多人都等着吃饭。村民没饭吃了，怎么办？袁万良思来想去，只有一条路——去借粮！

于是，袁万良出面向当时的大公社借了五百斤粮，但五百斤粮根本维持不了几天，于是他带着几个村民，赶到附近的乡镇，好说歹说才借来了一千五百斤粮食，几个人挑的挑，抬的抬，翻山越岭运回了村里。可粮也不是随便能借到的，"次数多了，人家也不愿意借了，只能拿些番薯六谷给我们"，回忆起那段"讨饭度日"的岁月，袁万良的脸上经常会泛起一丝苦笑。

"这样下去不是办法"，自己动手，丰衣足食，想要吃饱饭关键还要靠辛勤的劳动和科学技术。袁万良决定从实际出发，将发展重点放在农业生产上，"扔掉讨饭棒"成了袁万良的首要任务。为了摆脱农业生产效率低下的问题，袁万良带着各生产队骨干到优秀的"标兵田"去取经，向别人学习如何选苗、选种以及管理技术。回村后,他又带领村民平整土地、耕种、管护,激发了村民种植积极性。在生产队内部推出评选生产标兵和标兵田等激励措施,使村民的生产效率直线上升。

"到了1966年,粮食再也不是困扰我们的问题了,村民们全都能吃饱饭了,就这样,我们勇战粮荒终于扔掉了'讨饭棒'。"

第三棒:改田造地挥动"创业棒"

"农业基础薄弱,抗御自然灾害的能力低下,农业生产的结构规模单一、多元化程度不足。"第三任书记赵新路一上任就仔细地分析了村情民情,觉得夯实农业生产的基础十分重要,他带领村班子解放思想,先行先试,充分利用国家政策,实行集体、个人股份制,引入社会资本,全方位地对村里的农业水利设施和农田承包责任制进行有益尝试,极大地提高了村民们的积极性,对山村经济也进行了重新规划。赵新路上山头、跑田头,一心扑在改地造田的创业工作中,在他任期内,一个更具科学性、更有抗风险能力的农业产业结构村粗具规模,岩水窝村也成了远近闻名的农业生产"样板村"。

第四棒:解放思想高擎"富民棒"

第四任书记周开放刚当上书记,就迎来了改革开放,他也看到了新的问题。

"大家吃喝穿是不用愁了,可就是腰包还不够鼓。"为了带领群众增收,周开放走门访户,了解村情民意,首次提出村庄产业规划,"没有产业,心里总觉得不踏实",周开放给村民也给自己打气,再难,也要干。

周开放根据山上的竹林资源,请来专业师傅,在村里办起了首家竹制品厂,年终一算,竹制品厂为村里带来了两万多元的收入,还就地消化了农户的竹木资源,尝到甜头的村民们劲头越来越足。

可光靠一个加工厂还远远不够,村里的能人有的是,何不来个"八仙过海,各显神通",于是村五金厂办起来了。"让每个村民都有出路,让每个村民都有钱赚",周开放的愿望正在一个一个地实现。

第五棒:富民强村传递"幸福棒"

与前几任书记不同,第五任书记朱四海是位走南闯北的生意人,他阅历丰富,头脑灵活,是个见过世面的能人。加上党的富民兴村政策的加持,朱四海提出了"用美丽经济兴村"的思想,大做"美丽"这篇文章。首先,以股份制的形式,充分利用上游水库资源和村前江河资源,兴建"彩虹桥"和"水上乐园",开展休闲旅游;在江堤上开辟"十里美丽长廊",在村后的山上果木园,开辟农家乐采摘游,深度挖掘村里的非遗特色小吃项目,举办美食节。一时间,岩水窝村成了远近闻名的网红打卡地。依托市区的辐射,村里还建起了综合农贸市场、汽车站和游客集散中心,村集体经济像滚雪球越滚越大,"家家是老板,户户富裕户"变成了幸福的现实。

昔日的"大小窝"展现着美丽的"芳华":一批批游客来了,一排排村居建起来了,一群群人涌进了文化礼堂……

第六棒:筑梦未来接过"接力棒"

接力跑第六棒的书记是杨一帆,这还得从第一任书记吕战红那里说起。杨一帆是老书记吕战红的曾孙子,曾在人民大学读书。作为名牌大学的骄子,他在大城市有更广阔的发展空间,但他的志向是走到基层干一些实事,这与太婆吕战红的想法不谋而合。老书记一直鼓励曾孙回乡创业,造福乡里。经过一年多的实践历练,杨一帆的才干得到充分施展,在今年的村级换

届选举中,村民一致推选他为岩水窝村的第六任书记。于是便有了故事开头的那一幕:

"岩水窝村的父老乡亲,我今天接过前面五位老书记一任接一任传递过来的接力棒,这接力棒上镌刻着一代接一代的艰苦奋斗史,它演绎着一场跨越历史的'接力跑'。今天,这一棒交到了我的手中,我将带领父老乡亲跑出一个美丽乡村建设的'加速度',跑出村民百姓的'满意度',跑出一个基层组织的'美誉度'。"

(文/张启伟)

夜晚的山村道地上

这是一个靠山近田的村庄。

晚饭后,四周便暗了下来。按阴历日期推算,此时天上该出来月亮了,虽然东山岗那边遮着的云在渐渐退去,但还没见月光。天上没月,地上也没风,有点闷热。

村民们三三两两走出家门,汇聚在村前道地上。道地不大,却是传播信息获取信息的场所,多少年来一直如此。

阿二婶的丈夫是村干部,两个儿子在外面挣着大钞票,在村里,她是要风得风、要雨得雨的"人物"。最使她骄傲的还是县城里有个吃奶儿子,不对,是吃奶儿子的爹——最大一家医院的内科权威医生,村里人如果五脏六腑有了毛病,总是通过阿二婶的关系前去求医问药。

一个多月前,也是夜晚,阿二婶借助夸张的手势,在道地上对大伙儿说:"公务员考试报名开始啦!宗麻佬医生捡来的儿子,与我的吃奶儿子报考的是同一个单位同一个职位。你们晓不晓得,考试是形式,说到底是要有人的……"

宗麻佬,就住在道地的西北角。

宗家是外来户,势单力薄。平时,村里人很少与他们来往,宗家自做自吃，前门和前窗常常是关着的。老宗因脸上有天花的"遗迹"，尽管辈分大，但人们总是直呼绰号。

笔试成绩公布的那天傍晚，老宗刚端起酒杯，儿子小宗就来了电话，说四十多人当中，他得了个第一，前三名将参加面试，最后录取谁，要看每个人的总成绩和体检、政审结果。宗嫂没生一儿半女，小宗是老宗在凉亭里捡来的。闯过了文化考试这一关，小宗高兴，老宗的酒门也大开，就在拿起酒壶，准备再满一满的时候，"呀吱"一声，阿二婶推门跨了进来。

阿二婶登门，老宗着实感到有些意外，忙站起让座。阿二婶却没领情，只见她脸色潮红，握着手机的右手在空中画了一个圈，又往前一伸，大声说道："吃奶儿子告诉我，他考了第二名，比你家小宗仅差三分半。接下去是面试，吃奶儿子说了，面试就是回答问题，你们想想，这分数还不是宽紧带？高高低低，还不是凭与考官的关系？他爹交际广，接触的领导多……"

老宗的酒兴被扫得精光。宗家世代务农，亲戚朋友当中，没有一个掌权当官的，自然也没有人帮得上小宗的忙。

以往，阿二婶在外面说大话，说过头话，宗嫂关紧门窗干自己的活，懒得去落耳朵，不是怕，而是不想多口角；今天，阿二婶上门来，宗嫂肚里的气像醋一样滚了起来，脸孔板起，话像火一样冲出了口："我们挖不出门路，送不起人情，只有廿四根肋排骨靠自己，四十八根肋排骨靠政府。我相信儿子，更相信政府！"

面试的情况，是阿二婶发布的，当然是在夜晚的道地上：

"啊哟哟，考官是从外县抽调来的，考场和顺序是考生自己抽签的，考题是省里出的，我的吃奶兄弟本事这么大，这一次也挖不出一点路道。好歹吃奶儿子见过世面，讲得头头是道，草稿都不用打，结果比宗麻佬的捡来儿子整整多出了四分，从第二升到了第一。体检？你们想想，有吃奶兄弟在，会过不了关？再说，他家条件好，餐餐鱼啊肉啊，吃奶儿子是人高马大，穿着单衣薄裳就有两百多斤，一顿能吃一只蹄髈，能喝两斤老酒，还会有什么毛病？"

小宗分析了失分的原因,主要是紧张,其中一个问题考虑的角度偏了向,没能很好地做到自圆其说。电话里,他劝导起父母来了:"别人的话不要太往心里去,社会这么大,总有属于儿子的一块地方。你们保重身体最要紧,没事少出门,多在家里听听新闻,看看电视。"

东山岗那边的云块越退越淡,天空露出了一片白光,道地上的人越聚越多了。

宗嫂在灶前洗着碗盏,老宗关了楼板下的日光灯,随手打开电视机,拿着遥控器转换着频道。本地的电视台,正播放着国家公务员考试拟录用名单,小宗的名字,老宗看到了,宗嫂也听到了。宗嫂放下手中的活,撩起围布边擦手边从里屋快步走了出来。

屏幕上已变成了广告,可老宗还死死地盯着。许久,他才对宗嫂说:"要不,你打个电话问问?"

外面传来了嘈杂的人声。不知是忘记了儿子的手机号码,还是没想好要问什么话,宗嫂站在电话机前,足足有五分钟没动静。突然,她倏地转过身,大步走到前屋,大大地打开了门,大大地打开了尘封的窗。道地上的说话声,很清晰地传了进来:

"我听阿二婶说,原来以为是在吃奶兄弟的医院体检,谁知考生坐上了汽车,汽车在城里转了几个圈后,一直开到外县的一家医院。一检查,吃奶儿子又是高血压,又是高血脂,又是高血糖,当场被淘汰。"

"政府现在做事,真是公平、公正、公开啊!公务员当的是镇干部、县干部,想不到宗麻……宗爷爷还有这么好的福气。"

这时,云块退去,东山岗上跃出一轮明月,月光普照大地,涌进宗家的窗口,屋内顿时亮堂了许多。也就在同时,田野里吹来了一阵清风,掠过山村道地,跨进宗家的门槛,回荡在角角落落。

(文/楼菊燕)

站在明处说话

那一日，临江派出所副所长陈勤枫正在开会，手机响了，号码虽然陌生，但是用虚拟网打来的，应该是系统内人员，想必有什么急事。抽个空当，陈勤枫走出会场接了电话。

"陈所，你在哪里呀？"电话那端的声音和号码一样陌生。

"你是？"

"噢，我是胡飞呀！"

陈勤枫想起来了，这个胡飞曾经在临县当过特勤人员，两人一起培训过，还住过同一宿舍，后来辞了工作去经商了，两人已多年没联系了。出于礼貌，陈勤枫客气地问："胡飞呀！你找我有什么事吗？"

"我有一份资料要交给你。"

陈勤枫也没在意，说自己在开会，将资料放接警大厅就可以了。对方迟疑了一下说："接警大厅不方便，我等你好了，要亲手交给你。"

什么资料那么重要？难道涉及案件？也许是职业的敏感，陈勤枫总觉得有些问题，当即说："那我开完会再联系你。"

开完会，陈勤枫回到派出所门口。为此，还特意给胡飞打了个电话，胡飞说："陈所，你到前面拐弯处，我在那里将资料交给你。"

"你不是有资料要给我吗？到前面拐弯处干啥？"陈勤枫一下警觉了起来。

"喔，我怕被人看到不好，你还是过来下吧！"

见对方磨磨唧唧，陈勤枫有些不耐烦了，声音也有些响了："有事就到派出所大门口监控下来，正大光明地说，偷偷摸摸干啥？"

胡飞听陈勤枫的口气不对，只好勉强说："那好，我过来将资料交给你。"

陈勤枫总觉得胡飞的语气有点不太正常，就站在派出所大门口的监控下等他。也没两分钟，胡飞到了，他确实是来送材料的，陈勤枫翻了一下，明白了。这是一份取保候审的材料，是一起因为债务纠纷引起的非法拘禁案。当时陈勤枫带着民警救出受害人后，成功地逮捕了涉案的犯罪嫌疑人，并依法对犯罪嫌疑人采取了刑事拘留措施，这胡飞就是其中一名嫌疑人的儿子，他是来帮父亲申请取保候审的。陈勤枫告诉胡飞："这个案子情节比较恶劣，材料我会按程序上报，但能否取保候审要分局领导审核后决定。"

胡飞连声道谢，转了个身捧出个箱子说："辛苦陈所了，这点小意思，您收下。"

陈勤枫沉下了脸："你这小意思是什么意思？材料该帮你送的，我自然会送，没必要送什么小意思。"

胡飞一脸嬉笑："陈所，没事，就几条香烟和酒，不值几个钱。"

陈勤枫看了他一眼说："你如果把东西留下，材料我就不送了，你自己掂量着办。"说着，头也不回地进了派出所的大门。剩下胡飞站在门外，一时不知所措。

回到办公室处理了些杂事，陈勤枫将材料报到了案审大队。没几天，案审大队审核后回复，此嫌疑人不予取保候审。

过后的一天上午，陈勤枫正在办公室忙碌，胡飞又给他来电话了，说是补齐了父亲取保候审的材料，再次申请取保候审。既然嫌疑人家属有新证据要求取保候审,陈勤枫自然不会拒绝,便让他将材料直接送到了办公室。

胡飞到了办公室,刚想随手关门,陈勤枫阻止他说:"门别关,开着空气好。"

"外面人走来走去,我怕说话不方便。"

陈勤枫站了起来,一脸正式说:"两个大老爷们,堂堂正正说话,有什么见不得人的!"

"那是,那是。"胡飞唯唯诺诺地应着,将材料递了过去。陈勤枫接过材料,仔细地看了起来。这时,胡飞凑了上来,鬼鬼祟祟地塞了只厚厚的信封,说:"陈所,你先忙,我父亲的事,要你操心了。"说完转身就跨出了办公室。

"站住!"陈勤枫一声吼,因为门没关,声音特别响。胡飞被这声音震得一激灵,站着不敢动了。陈勤枫拿起信封走了过去:"胡飞,你办事时,别人也是这样给你塞信封的吗?"

胡飞一时摸不透陈勤枫话里的意思:"陈所,这是给你的辛苦费。"

陈勤枫将信封往他手中一放:"给你个忠告,不管什么事,站在明处说话,这样做人才敞亮。"说着,头也不回地进了办公室,"嘭"一下关上了门。

过了几日的中午,陈勤枫刚到办公室,何所就虎着脸来找他:"陈所,我们一起工作也有些年头了,既是战友,也是兄弟,所以,我今天来找你谈一下心,如果你做了什么违反党纪的事儿,趁早讲清楚。"

陈勤枫被问得一头雾水,说真话,何所虽然是他领导,但在心里,他一直将这位疾恶如仇的领导当成自己的大哥,他是绝对不会平白无故说这句话的。想到这里,陈勤枫说:"何所,有什么话明说好了,没必要藏着掖着。"

何所点了点头:"好,我也不想兜圈子,我接到举报,说你两次接受同系统人员的贿赂。"

两次接受同系统人员的贿赂?怎么可能呢?陈勤枫猛地想起了什么,问:"何所,那举报人姓胡吧?"

何所一听,脸色更难看了:"举报人姓啥我不能告诉你,我就问你有没有这回事？"

陈勤枫点了下头说："有！"

何所这下火气大了："你个糊涂蛋，马上去找组织坦白！"

陈勤枫听了何所的话笑了："何所呀！我去坦白啥呀？"

"去坦白你自己干的糊涂事！"何所可不留什么面子。

陈勤枫站起身："何所，你别急，来，我带你去看样东西！"说着，陈勤枫带着何所到了监控室，按照陈勤枫提供的日子，监控清清楚楚地拍到了他在大门外和走廊里拒绝胡飞送礼的情景……

看完了监控，何所明白陈勤枫是遭了小人诬告了，他问陈勤枫："陈所，你是不是知道这人要诬告你，所以每次面对他都站在监控下呀？"

陈勤枫坦然地回答："我当然不知道他会诬告我，但我牢记一点，站在明处说话，就不怕妖魔鬼怪！"

非法拘禁案很快宣判了，胡飞的父亲因为非法拘禁被法院判处有期徒刑八个月，其他从犯也得到了应有的惩罚，案件有了圆满的结果。

（文/袁红芬）

"光盘"饭店

  S市冷僻的城东路上,有家光明饭店,规模不大,是一家夫妻店,以前生意一般,雇了一个女工,三人一起,还忙得过来。疫情期间这家饭店也同其他饭店一样关门歇业。可是在四月中旬,政府允许开业后,生意却越来越红火,又增添了两个帮工,才勉强应付过来,而且饭店也被食客改称"光盘饭店"。这是怎么回事呢?

  原来饭店老板兼厨师阿根,是技校烹饪班毕业生,以前忙于营业,靠学过的老本烧菜,菜品味道中等,过着不冷不火的日子。疫情一来他歇业了三个多月,就在这段时间里,他广泛搜罗烹饪书籍,对各种菜系都进行了研读,尤其是将吴越菜作为重点,试制出了一些口味独特的荤菜与素菜,如:香酥鸭、卤肉、干菜焖肉、油焖大虾、美味三鲜、萝卜醋鱼、文武猪蹄、清蒸鳜鱼、白斩越鹅、西施豆腐、油焖笋、酥鲜霉千张、凉拌土豆丝等。因为疫情,放学在家的大三中文系的女儿,也为老爸的饭店出谋划策,她认为疫情让人们的粮食安全危机意识大大增强,饭店应该倡导饭菜"光盘",使用公筷公勺。征得父母的同意后,她做了一些策划和饭店的装饰,如告知书、宣传画、标语等。

饭店重新开业后,食客们走进饭店,首先映入眼帘的是卖菜处对面墙壁正中的"光盘告知"。有人念道:"亲爱的食客们,为营造'浪费可耻,节约光荣'的氛围,本店即日起,倡导饭菜'光盘',具体措施如下:一、以光盘为荣,浪费饭菜可耻;二、光盘者有奖,当天少收费五元,并发给九折优惠券一张,下次餐饮时使用;三、剩下饭菜者受罚,视数量多少,多收钱十至二十元;四、为了健康与防疫,两人以上食客,使用公筷公勺。"告知书的两旁贴着几张"粒粒皆辛苦""浪费可耻,节约光荣"等宣传画和标语,很是吸引食客的眼球。

点菜开始了,服务员先看桌旁坐着几个人,然后听你报菜品与数量,接着说:"好了,就这样吧!"或者说:"先生(女士),你们四个人,点十二盘(碗),太多了,吃不完,要浪费的,还是减少几盘(碗),或换几样数量减半的小盘(碗)吧。"经这么一劝说,多数食客都减少了数量,基本上做到了光盘。老板娘荷花负责监督和结账,立即给光盘者减收五元钱和赠送一张打九折的优惠券。但也有少数满不在乎的食客,要在朋友面前摆阔,或是显示哥儿们义气,毫不听劝,我行我素,到他们餐饮结账时,荷花就多收他们十至二十元,并批评教育他们:"这些饭菜来之不易,粒粒皆辛苦啊!你看这么多盘、碗里的剩菜剩饭,多可惜呀!数量多一点的剩菜,还是打包带回家去吧。"多数人认罚和听劝,把一些剩菜打包带回家去了。而且下次来吃,他们也加入光盘者的队伍。可是,总有人例外。这不,这样的人来了——

一天中午,店里来了四个穿着名牌服饰的年轻人,一进门,什么也不看、不听,坚持点了十六盘菜肴,都拣贵的点,喝着茅台酒,豪饮海吃了一顿,最后实在吃不下了,还剩下不少菜肴和一些饭,想结账后扬长而去。荷花痛心地对他们说:"剩下这么多菜饭,真是罪过啊!你们有没有体会到农民、渔民和养殖人员的辛苦呀!赶紧打包补救吧。"

"我们花自己的钱,喜欢怎样就怎样,要你做太平洋的警察——管得宽!

我们不打包,你能把我们怎么样?"其中一个青年说。荷花无可奈何地说:"你们怎么这么蛮不讲理呢?厉行节约是公民应有的公德。我只能行使加收二十元和以后不接待你们的处罚,别无办法。""区区二十元,随你加,不来就不来!"另一个青年说。旁边的食客实在听不下去了,纷纷批评指责这四个年轻人。这时饭店的电视机里响起了绍兴莲花落《节约养德受人敬》来,其中有"习近平总书记说:坚决制止餐饮浪费行为,在全社会营造浪费可耻、节约为荣的氛围……"这时四个青年都闭住了嘴,付款后,在众人的指责声中,灰溜溜地离去了。

但是这四个年轻人,当众受罚出丑后,越想越气,其中一个说:"他们私自罚款收钱,谁给他们这样的权力?"另一个接着说:"他们违法违规,我们告他们!"四人齐声赞同。第二天上午,这四个青年就一个电话,告到市工商行政管理局,说光明饭店私自收取罚款,请派人来查处。下午,工商局就派两个青年干部来饭店调查。饭店老板先让他们看墙上的"光盘告知",然后又拿出两张三百元的捐款收据,收款单位是"山花镇敬老院",并对调查的同志说:"我们开始推行奖罚措施没几天,只罚了六百元钱,都捐给了敬老院。以后我们也会把罚款用于爱心活动的。"工商局同志赞同饭店的做法有新意,同时批评夫妇说,要罚款,先要报告工商局,取得同意后,方可施行。于是调查同志把饭店的奖罚措施报告局里,局党委讨论后同意饭店进行奖罚,还表扬了他们。四个年轻人自讨没趣,乖乖地接受了教训。

光盘行动在光明饭店的推行下,渐渐形成了风气,罚款越来越少了,直至为零。而且这饭店的特色菜越来越好吃,食客越来越多,于是大家把这饭店改叫"光盘饭店"。

(文/马元泉)

一杯药茶

夜晚，新风村村委大楼的小会议室里，正在开团支部会议。会议有些沉闷，桌旁的四五个人，除了偶尔发出一两声的空咳嗽，没其他声响。见时间已不早，团支书余娟有几分焦急，再一次动员道："大家有什么对策，成熟的或不成熟的，都提出来吧。"

忽然，周波把茶杯一放，缓缓地说："我有一计，待我回去再好好地考虑、准备一下，明天前去现场，相信能揭穿他的骗人把戏。"

"计"是什么？周波没在会议上公开，暂时按下不表。话中所指的"他"，名叫黄大倍，年纪六十多岁了，以前贩过小猪，卖过茄秧，一张嘴能说会道，这些年在邻县的一个工地管仓库。不久前，他回到村里，对大伙儿说，自己是天神的徒弟，天神关照，可消百病。开始，没人去理他，慢慢地，一些闲散老人抱着好奇心，走进了他的家，听了几节"课"，入迷了，感冒患者停了针，高血压患者停了药，一门心思求天神，打坐祷告驱"邪灵"。

村支书老何在外地学习，得知这一情况后，电话通知余娟，要求村团支部采取措施，做好村民的宣传教育工作，取缔不正当场所。当即，余娟召来了"一班人",决定利用广播、黑板报、宣传窗等阵地,播出或展出"崇尚科学,破除愚昧"的宣传资料,并做了分工,一一落实到人,至于如何使"迷了心"的人们醒悟,包括黄大倍,就看周波的了。

第二天上午,黄大倍正在讲罪根、圣灵时,周波进来了,一脸痛苦相。黄大倍立刻刹住口,神色有几分慌乱。

在新风村,周波算是一个人物,在村文化礼堂的舞台上,唱歌、演小品,常见他的身影。他大学读的是药剂专业,毕业后不去大医院、大公司,回到村里,承包了一大片山地,与父亲一起种植药材。平时,他常配制一些健身药茶,免费送给乡亲。去年夏天,黄大倍中暑起痧,曾喝过他的清凉茶呢。

周波手按着胸脯,肩挨着墙壁站着,一副有气无力的样子。看来,他不是来吵场子的,黄大倍心放宽了许多,过来问道:"波波,你怎么啦?"周波指着身体,说道:"这里不舒服,这里隐隐作痛。"黄大倍提高声调,说道:"生了病,该去医院看医生呀,来我这里干什么?"周波答道:"医院转了好几家,医生看了好几个,药也吃了,针也打了,没一点效果,只好来这里找天神医治了。"

话说半个月前的一天,黄大倍口舌生疮,去医院的路上,被一个熟人拉到一间屋里,买了一杯"圣水",接着,"大师"单独给他进行了辅导,领了资料、交了会费后,便成了有"组织"的人。"大师"说道:"别管仓库了,回老家发展吧,天神会保佑你人旺财旺。"果然,他没几天时间,就拉起了一支"人马"。现在,连学医的大学生都来了,黄大倍心里一阵暗喜,对周波说道:"这就对了,天神无所不能,有神灵照耀,不要说人,就是种稻种药材,也不用施肥除虫。"黄大倍说着,拿出一个蒲团,叫周波着地坐下。

屋里有八九个人,大都上了年纪,有几个周波不认识,大概是从外村来的。黄大倍坐在凳子上,面前摆着一张小桌,桌上放着茶杯。今天的课程,内容是天神驱"病魔"的步骤,一二三四,像当年做小生意一样,一开口就绘声绘色,头头是道。见茶杯见了底,周波站了起来,倒掉茶叶,到厨房重新泡了一杯。

有人泡茶添水，黄大倍讲得更起劲了，唾沫星子四溅。不知怎么回事，肚里来了动静，咕噜咕噜地响，好像有一条水蛇在乱钻乱窜，实在忍不住了，黄大倍快步去了卫生间。回来刚坐下，还没说上几句，喝上几口，肚子又不舒服起来。腹泻脱水，身体像漏斗似的，喝下去的远不及泻出的，没几个来回，黄大倍就脸色煞白，额头冒汗了。一老太见状，着急地说："大倍，你生病了，快打坐祷告啊！"

一语提醒，黄大倍从凳子上转移到蒲团上，赶紧双手合十，口中念念有词。没想到姿势一换，"水蛇"钻得更厉害，翻江倒海一般。周波背来了一把躺椅，叫黄大倍休息一会，别走动。一老汉来到黄大倍身边，说道："你常讲，疾病是'罪孽'带来的报应，祷告不灵，说明'罪根'扎得很深了，要借助'神力'才能拔除。我是你的第一个徒弟，'神力'已具备，你钞票拿几张出来，我来祷告，请天神赐一杯'圣水'吧。"说完，老汉伸出了手。

破费拔"罪根"，是黄大倍敛财的手段之一，破的是别人的费，怎好让别人到他口袋里来掏钱呢？黄大倍一脸惊慌，双手紧捂住袋口，生怕钱被抢走。一激动一折腾，肚里又掀起了"波澜"……

不停地往卫生间跑，一点没见好，看来是"邪灵"附体了。一中年汉握着一根木棍，大声说道："消灭肉体才能消灭'邪灵'，再由'圣灵'带来重生，不能心慈手软！"中年汉性子直，做事莽，话音刚落，手中木棍就呼的扬起，眼看就要打下来，黄大倍吓得大喊："住手，以前我说的话、做的事，全是骗人的啊！"

"什么？你是在骗我们？""为了入会，我把私房钱都捐献了，快还给我！""我喝了好几次'圣水'，气照常喘着，要是所花的铜钱去挂盐水，早就好了。"周波夺下木棍，拦住了怒气冲冲的人们，说道："各位叔伯、姑婶，人吃五谷要生病，生了病就得去正规医院，对症下药，千万不要去相信天神、地神，不然就会延误病情。昨天，你们'上课'时，我在窗外看大倍伯，见他面红耳赤,眼屎脓黄,嘴角起疱,知是内火旺引起大便干结,就请教了人民医院的老中医,配制了巴豆等中药,今天泡茶让他服了,陈便泻出,上下通畅,人就轻松许多。大倍伯,我事先没有告诉你,请原谅。不过,别装神弄鬼了,劳动赚来的钱最干净,用着才舒服。"

不用说,周波的"病痛"是装的,因演技到位,瞒过了众人和黄大倍的眼。所泡的一杯药茶,下了黄大倍的火,揭了"天神"的真相,教育了在场的人们。此事传开后,村人无不哈哈大笑,拍手叫好。

（文/许德勤）

征　婚

三个月前,白素办了退休手续,离开了杭州大医院的护士岗位,同时,也办理了离婚手续,离开了骗自己半辈子的丈夫。

"双离"之后,她给远在诸暨的黄姐通了电话。白素和黄姐是高中同学,读书时两人合睡一个铺,无话不说,各自成家后依然来往走动,情同姐妹。前些日子,黄姐开办的婚介所扩大为信息中心,眼前正缺人手。电话中,黄姐对白素说:"来帮忙吧,近水楼台,说不定会碰上一个称心的'老勿死'呢。"

后半辈子有没有"老勿死",白素已看得很淡,不过闲着无事,去散散心也好。于是,她就来到了诸暨小城,替黄姐掌管男女征婚这一摊工作。

每日里,前来征婚登记的几乎全是女的,并且各年龄段的都有,其中不乏如花似玉的姑娘少妇。相比之下,男的就少得可怜了,即使有几个,也大都是外乡外地的。令白素又好气又好笑的是,那些男士,明明是驼背罗圈腿,硬要说成"体健貌端",明明是抽烟喝酒不要命,硬要说成"无不良嗜好"。

这使白素想起了已经分手的老公。

当年,当主治医师的他追求自己时,一口咬定"无婚恋史",其实他已成了家,儿子都会打酱油了。每年的结婚纪念日,他总要送上一束鲜花,并表白"爱你到永远",其实在婚后的第二年,他就偷偷地买了一处房,养了一个"小"。

慢慢地,白素摸索出了撰写征婚启事的潜规则:男的一律"英俊潇洒",女的一律"秀美温柔"。

一天傍晚,白素收拾着桌上的纸张笔墨准备下班,门口一闪,进来了一个小老头。白素一边招呼他坐下,一边泡茶。开水已没多少温度,杯中的茶叶全浮着,像清水塘里飘着的无根野萍。

小老头个子不高,脸孔长得有棱有角,头发短得像板刷。白素一问,才知他属狗,五十二岁,是土生土长的诸暨本地人,教过书,做过厨师,下岗后在市区开了一爿五金杂货店。

根据小老头的基本情况,白素拿来一张粉红色的信纸,唰唰唰几下,一份征婚启事就草拟了出来。小老头接过一看,头摇得像换糖佬的拨浪鼓,连声说:"不行不行,怎么能这样写呢?"

白素心里直咕噜:这东西又不是《人民日报》社论,有什么好讲究的,何况已经够上档次了,难道还要再凭空加上"归国侨胞""别墅名车""实力雄厚"不成?见白素一副不情愿的神态,小老头突然朗声大笑起来:"描写成这样,已不是我了。"

说完,拿过笔,像老师辅导小学生似的,说开了:"身高一米六五,不是一米七,鞋后跟不能算。十多岁有了抬头纹,三十出头满是'雨隔雪',五十不到长了老年斑,这能叫'显年轻'吗?无负担也不对,老太婆生了多年的病,债尾巴刚还完。客人来往,人情进出,每月的收入刚好秤钩打钉拉拉直,没得多。还有住房……"

小老头解释一处改一处,神态严肃,落笔郑重,画上最后一个句号后,笔一放走了。

别人谈恋爱找对象,总是把优点长处摆出来,甚至夸大一些,而他却把不足之处全部坦白交代。拿着改得面目全非的启事草稿，白素心里直发笑，早听黄姐说过，诸暨的男人心眼实，说话直，不会花言巧语。望着小老头的背影，白素不由得感叹，真是一个"诸暨木柁"啊！

取过一张空白纸，白素重新誊写征婚内容：某男……貌显老……无余款……房狭小……

一天下午，白素上班刚进办公室，小老头就气呼呼地闯了进来，一把扯下张贴在墙上的那张属于自己的"广告"，大着嗓门说："不找了，做光棍算了！"

白素忙问其故，他像小孩做了错事似的低着头红着脸，期期艾艾地说出了缘由。

几天来，小老头接待了好几个应征者。一个三十多岁的发来手机短信，说相貌好坏无所谓，但家中的经济权必须由她来支配，只安排两人的生活，不能另作他用。小老头说："我有一个吃奶亲娘，八十多岁了，住在农村，时常要去接济。女儿女婿成家时间不长，底子薄，小外孙的奶粉要我供应。赡老养小，这是责任，如若撒手不管怎会心安？"

一个四十多岁的来电说，开店做生意，人做得吃力煞，铜钱又挣不了多少，还不如一起搓麻将，娱乐赚钱两不误。小老头拍着胸脯说："伢平头百姓，靠做做吃吃，但牌桌上挖空心思去盘算别人的钱财，这种做法做梦也没有去想过！"

刚才，一个五十多岁的来到店里，排亲排眷套近乎，末了拍着小老头的肩，说是房子大小没关系，如同意，立马可以并铺做伴。小老头气呼呼地说："婚姻不是小孩办家家，年纪半百寻个伴，为的是头痛脑热有个照应，碰到事情有个商量。假如性格不合脾气不投，今天走拢明天分散，或者三天一小吵五天一大吵，还不如一个人清清爽爽过日子！"

诸暨小老头说的话，像石板道地掼乌龟，句句实打实。特别是在择偶问题上的表白，更是震动了白素原本平静的心。白素泡了一杯热茶，送到小老头手中,劝慰说:"别着急,只要心诚,总会找到中意的人。"

今天的开水很烫,茶叶漂荡着慢慢沉到了杯底,只是小老头没时间坐下来喝几口,说是店门关着,得回去打理。

小老头走了,征婚广告被他揉成了一团,白素把它打开摊平,见有几处已破损,有几处字迹已模糊。白素用透明胶粘贴反面,又拿起笔在正面东一横西一竖地勾画了起来。不知怎的,画到最后,在"诚觅对象"一栏里,竟画上了自己的姓名。

(文/周国珍)

老李应聘护河工

话说三年前,绍兴城郊某村贴出一张公告,大意是乱倒乱扔的坏习惯和各种漂浮物,已经把村河污染成了垃圾河,为配合上级"还碧水于民,建美丽家园"的河道治理行动,决定征招一名护河工,负责责任河段保护工作。年已古稀的老李看到告示,毅然决定到村委会揭榜担当。

老李走进村委会主任室,主任先是一惊,然后忙起身泡茶,待老李扭扭捏捏说明来意后,主任不假思索地说:"不行,您老就别凑这个热闹了,回家歇歇吧。"老李辩解说身体还可以,自己从小就会划船,又跑过水上运输,肯定能胜任这份工作。主任仍然头摇得拨浪鼓似的:"您老还是回去歇歇吧。"老李无奈,只好悻悻退出。这主任不是别人,正是老李的儿媳。

老李心情郁闷地回到家里,儿子的小车也回来了,他顿时心里一亮,笑呵呵凑上前说:"阿根,回来啦。"从小车里走出来的阿根愣了一下,道:"爹爹,你吓人倒怪做啥。"老李忙说:"哪个吓人倒怪了!"阿根道:"你从来不苟言笑,今朝这么一笑,我心里还真有些慌的。"老李接着道:"慌什么呀,我有件事情想请你帮个忙。"阿根笑了:"爹爹,你跟我还客套啥,你的事情我都应该做的，你说吧。"老李说："今朝去找你媳妇报名当护河工，你媳妇不同意，你帮我跟她讲讲吧。"阿根一听，额头上青筋凸出，说："别说我媳妇不同意，就算她同意了，我也不同意。"说完，阿根扭身径直朝屋里走去。

老李连碰两次壁，焉头耷脑走进屋里。阿根娘见他神情沮丧，便问道："老头子，身体不舒服？"老李叹了口气说："唉，人老了，说话不中用了。"老伴惊讶道："谁不听你了？你跟我讲，我帮你摆平。"老李摆摆手："好了好了，你摆得平你儿子吗？"老太婆眼睛立起来："你说阿根不听你话了？"说完扯着嗓子朝楼上喊："阿根，你下来！"阿根应声下楼，老娘劈头就问："你连爹的话也不听了？"阿根四平八稳地站直身体，慢条斯理地说："娘，爹今朝的话，你听了也不会同意。"阿根娘说："你倒是说来听听。"阿根把刚才爹在家门口的话悉数复述了一遍，阿根娘听完后也立马变脸：坚决不同意！

下午，老李闷声不响地出去了一趟，回来时心情舒畅。晚饭席上，大家似乎都把白天的事情忘记了一样，但是吃完晚饭，老李说：现在是民主社会了，家庭也要讲民主，我要开家长会，还请了亲家公来列席，七点钟正式开始，谁都不得缺席。大家都愣住了，不知道老头子葫芦里卖的是什么药。

晚上七点整，老少三代，一家五口，外加亲家公——青甸湾村老支书。老李首先说明了开家长会的原因，然后陈述道："从我记事起，青甸湾是碧波荡漾，可以在河里游泳、捞鱼、抓虾、摸螺蛳。现在呢？树叶、树枝、垃圾袋、泡沫盒，不说下河游泳了，看了都难受，政府现在下决心治理河道，保护河道，我不会讲大道理，但我想响应政府号召，发挥一技之长，你们说对不对？先让我孙女来说说。"孙女站起来说："保护河道，还蓝天碧水于民，利在当下，功在后人，爷爷，我支持你。"但是，阿根娘、阿根和阿根媳妇异口同声地反对。阿根娘说："你都七十岁的人了，吃得消护河工这份辛苦差事吗？如果有个三长两短我怎么办？"阿根说："我好歹也是个老板，哪有老板的爹去做护河工的？这不是让人笑话嘛！"阿根媳妇说："我是村委会主任，让你一个七十岁的老公爹去做护河工，要是你有点什么事情，人家不是都要说我不孝吗？"

老李听后说："我身体没问题，水上作业技术也没问题，可以胜任这项工作。几十年前碧波荡漾，现在垃圾满河，为什么会这样呢？是我们污染了这条河，我们就有责任治理好、保护好这条河，不然拿什么给子孙后代？"

大家不再吱声了。最后，老支书说："我支持，不但支持，而且希望大家支持，谁说老板的爹不可以做护河工？谁说村委会主任的老公爹不可以做护河工？护河保水是'利在当代，功在子孙'的大事，同意的请鼓掌。"说完，老支书带头鼓掌，李家三代人也跟着鼓起掌来。

三年来，老李兢兢业业，把青甸湾村的五里责任河段护理得清清爽爽，恢复了当年碧波荡漾的面貌。河道的脏乱差现象不见了，沿河村民心情也好了，老李也成了众人竖指点赞的护河模范。

（文/邱迪梅）

将计就计

在绍兴市的"建党百年红色文物史料展"上,展柜角落里的一方砚台样式古朴,造型简单,很不惹人注意。在砚台的一旁,还有几条墨,和砚台一样不起眼。

让人很难想到的是,这些砚墨上却凝结着一段血与火的往事。

上虞城的"秦记"药铺是一家老字号,在掌柜秦德祥的苦心经营下,生意一直不错。不过,当这座古城沦陷在日寇之手后,大街小巷变得萧条肃杀,来药铺的人自然也少了很多。秦德祥倒也坦然,他觉得,在这乱世,一家人平平安安就再无奢望了。

可惜在乱世,平安本身就是一个奢望。

先是铺子里雇了半年的小伙计吉春在后院熬药的时候,不小心打翻了罐子,居然酿起一场火灾,全家人拼命扑打,虽没有大的闪失,可屋子里里外外到处焦黑,所有的家什都被折腾了出来,够拾掇几天的。

紧接着,又出来一个天大的乱子。

这天,店里来了一个穿蓝花旗袍的年轻女子,烫着大波浪的头发,满面和气,拿了一张方子抓药。一天以后,门店突然闯进来十几个日本宪兵队的人,把店里所有的人都抓走了!

到了宪兵队,秦德祥才知道是怎么回事,敢情那大波浪竟然是宪兵队长佐佐木的老婆和子,吃了店里的药以后上吐下泻,眼看着人就要不行了!

秦德祥立刻知道了问题的严重性。

前不久日军刚刚在南京制造了血腥大屠杀,上虞城弥漫着强烈的排日情绪,中日民众之间的各种冲突不断,在这个节骨眼上出这么一档子事,不抓他们才怪呢!

日本人把秦家翻了个底朝上,可并没搜出什么犯上作乱的东西。佐佐木杀气腾腾,一把尖刀对准了秦德祥五岁的孙子小朱,狞笑着问秦德祥:"你到底是受谁的指使下毒?不说?这一刀下去这小东西的眼珠子可就剩一颗了!"

小朱撕心裂肺地哭喊着,秦德祥心如刀绞,再硬气的汉子也受不了这个啊!他扑通跪了下来:"太君!真的没人指使,你别折磨孩子,冲我来吧!"

佐佐木狞笑着把尖刀对准了小朱的眼窝,就在这千钧一发的时候,门外忽然响起一个清亮的声音:"慢!"佐佐木的手停下了,外面走进来一个穿着中式长衫,斯斯文文的三十来岁的男子,说:"我对中医学很有研究,夫人并不是中毒,她是患有过敏症,刚才我叫军医给他打了脱敏针,现在已经好多了。"

佐佐木脸上的煞气缓和了许多,收起了刀子:"谢谢铃木君替我夫人看病。"敢情这个精通中文中医的还是个日本人。

秦德祥抱紧了小朱,劫后余生,祖孙两人都流下了热泪。

佐佐木挥手命令放秦家人回去,没收的家什也都悉数归还。秦德祥带着家人只想快快逃离这吃人的魔窟,没走几步,那铃木忽然喊道:"等一等!"

秦德祥慢慢回过头,铃木微笑着问道:"老人家,您的名字是秦德祥?开了一家叫'长寿堂'的药铺,是吗?"

秦德祥惊讶地点头,铃木的眼睛里闪过一星光亮,急忙问道:"那请问您府上是不是只有一位公子?他的名字是……"

秦德祥暗自吃惊,却也不敢不回答,恭谨地说:"我老家就在上虞,犬子秦冲。"

铃木急切地问道:"那秦冲现在哪里?他可还好吗?"

秦德祥黯然摇头:"犬子从日本留学归来,染上伤寒,已经去世三年了。怎么,先生认识犬子?"

铃木的脸色一下子黯淡下来:"去世了⋯⋯秦冲君!为什么不等我再见一面!"

秦德祥突然说道:"难道,难道先生就是我儿子在日本的好朋友,铃木一男先生?"

秦德祥的儿子秦冲十几年前留学日本,有一个要好的同学叫铃木一男,铃木出身日本华族,他本人温文尔雅,酷爱汉文化,一手瘦金体书法尤其精妙。两个人同窗几年,结下了深厚的友谊。这些,秦冲在给家里写信的时候就详细说过了。

后来秦冲回国,两人就断了联系,没想到这个铃木也来到了上虞。据他说,他刚来到没多久,原本打算把手头事务处理清楚,就去拜访秦家的,没想到⋯⋯

铃木一男握着秦德祥的手,百感交集。佐佐木对秦德祥的态度也客气起来,这时秦德祥才知道,原来铃木是来上虞做生意的,主要负责中日两个国家的文化传播。从佐佐木对铃木的态度上,看得出来,这位铃木先生的地位很尊贵。

秦德祥放心地回到了家,从这天起,就不用再担心会有无妄之灾找上门了,铃木还时常把一些紧俏物资,什么香胰子啦,日本洋布啊,送给秦家。街坊邻居看了,嘴里打着哈哈说秦家交好运了,可背后都瞧不起他们,连上门买药的人都少了许多。

这天小朱出门,没一会儿就哭叫着回来了,腿上有一个血淋淋的大口子。原来,一帮小伙伴追着喊他是汉奸狗崽子,小朱气不过跟他们厮打起来,结果对方放出来一条大狗把小朱扑倒了!

秦德祥心疼得要命,急忙拿草药给小朱止血,想起经常看到有人被狗咬了以后没几年就发疯死掉,不由得出了一身冷汗。恰在此时,铃木走了进来,看见了小朱的伤势,立刻神色凝重:"必须立即注射狂犬疫苗!我马上回去找军医!"

很快，军医赶过来给小朱清洗包扎伤口，还注射了针剂。小朱沉沉地睡去，秦德祥感激地对铃木说："大侄子，这次又多亏你了。"铃木摆摆手，不以为然地说："我跟您儿子是亲兄弟一样的感情，就别客气了。对了，我来是有一件事请求您，希望您能看在多年交情上，帮小侄一个大忙。"

秦德祥满口答应，铃木这才说了起来。

原来近期铃木要在上虞举办一个中日文化交流会展，据说皇太子还要携太子妃前来参展。他已经搜集了很多展品，可是中国文化最古老的传承品笔墨纸砚中，展出的砚台却没有太上档次的。

秦德祥疑惑地说："咱这街上古董铺子很多，去买一方吧，我可以帮忙挑选！"铃木叹气道："街面上出售的都是凡品，怎么能参展呢！我早年听秦冲说过，您家里藏有一方宋代流传下来的澄泥砚，是人间极品。因此小侄有个不情之请，您能不能把那宝砚借给我参展，就三天，皇太子一回去，我立刻原物奉还，您看呢？"

铃木紧张地盯着秦德祥，秦德祥为难地说："大侄子，按说就你和我家这份情谊，我就是把砚台送给你也是应该的，这兵荒马乱的，一块破石头，不能当钱花不能当饭吃。可是这几年家里不止一次进贼，那个砚台还有一些古墨，都丢了！"

铃木"哦"了一声，和蔼的脸上掩不住失望，又闲聊了一会儿就告辞了。

小朱的伤慢慢好起来，这天吉春带着小朱去宪兵队换药，可是却一去不回，眼看着天黑了也没人应，秦德祥急了，找到宪兵队，却被告知，他们早就走了！

秦家人一夜没睡，找遍了全城，可这俩人就像凭空蒸发了一样，消失得无影无踪。

第二天一早，秦德祥拎着一个小包裹来到了铃木会社。铃木看见他很惊讶，急忙问他是不是有事，有事尽管说。

秦德祥点点头，坐了下来，打开带来的包裹，一个金丝楠木盒子显露出来。铃木吃惊地问："这是什么？"

秦德祥说："大侄子，我先给你讲一个故事。"

　　明代倭寇在沿海一带的活动很猖獗,烧杀掳掠无恶不作,人民深受其苦。当时安徽宁远的戚继光将军带领子弟兵抗击倭寇,打得倭寇落花流水。绍兴当地也深受倭乱之苦。当时,上虞秦家一个子弟秦方跟随戚将军奋勇抗倭,这天却传来不幸的消息,他的妻子、孩子都被倭寇捉走了!

　　原来秦家祖传的一块极品澄泥砚,据说是苏轼用过的,辗转流落到了民间,被秦家收藏。而秦家祖传一手制墨的技艺,家里存的徽墨也都是极品,可巧遇到一个风雅的倭寇头目,一心想把澄泥砚据为己有。

　　秦家家眷被捉,那方澄泥砚却没被他们搜去,秦方为人刚直,不肯屈服,结果在他们攻破倭寇老巢的时候才发现,妻儿都遭了毒手。

　　铃木听到这里,神色尴尬起来。秦德祥盯着他的眼睛,一字一顿地说:"我讲这个故事是想告诉你,我不认可祖先的做法,人和物,到什么时候也是人放第一位。这盒墨你先看一下成色,如果认同,只要小朱安然无恙归来,我立刻把澄泥砚交到你手上。"

　　铃木奇怪地说:"小朱怎么了?您老人家说的都是什么呀?"

　　秦德祥凄然一笑,走了,留下铃木看着那盒上佳的徽墨爱之若狂。

　　一天后,小朱奇迹般出现在家门口,那吉春已经不知去向了。秦德祥也如约把澄泥砚和几盒极品好墨交到了铃木手里,当晚,他们一家就收拾了全部家当,离开了上虞城。

　　一个月以后,驻绍兴的日军师团长石原少将死于慢性中毒。治丧期间,书房里他最喜欢的那套砚墨也不见了。

　　那几盒墨,是秦德祥用祖传秘技特制的,制墨的胶里融有剧毒,这墨和着澄泥砚特殊的材质,一旦研开了,用于书写,要不了多久就会毒发入心,无药可救。石原死去的次日,铃木一男接到了一封信,看罢信后失声痛哭,当夜切腹自杀。

　　四明山上,下山打探的游击队员向队长秦冲报告这特大喜讯的时候,秦冲哈哈大笑,对秦德祥说:"爹,知道您心疼那祖传的宝贝,我已经派内线把宝贝收回来了。"

　　在日本学习时,秦冲就加入中国共产党,抗日烽火燃起,他立即回国抗日,带领数百名游击队员在四明山上抗击日军,1943年12月游击队奉命改编为"新四军浙东游击纵队"。上虞城内开药店的秦德祥是新四军最好的眼线。为了家人的安全,对外则说秦冲因故去世。而那铃木则早已成为日军的高级特务,从吉春暗中放火,到和子的诬陷,再到小朱的被绑,都是他一手策划,目的就是得到秦家的宝砚——铃木一心把宝砚弄到手,送给跟他一样痴迷大汉书法的石原少将。

　　秦德祥豪迈地一笑:"儿啊,收不收回来有什么要紧!个人和国家,大义和小利,孰重孰轻,你老爹心里有数!没有国,哪来的家!"

（文/李　谦）

智取落鹰寨

在浙江绍兴北部有个落鹰寨,背靠会稽山,前临悬崖,右面是滔滔的江河,只有左边一条道路能通到上面,远望真像一只雄鹰盘踞在半山腰上,地势十分险要,易守难攻。匪首刘秃子,人称秃头鹰,经过多年经营,眼看着周围的土匪一股股被八路军游击队消灭光了,而落鹰寨仍然是稳稳当当,毫发无损,一时间连日军龟田也带着他的残兵败将聚集在这里,使得落鹰寨成了日军的宪兵队。

这一日,山寨内忙忙碌碌,男男女女都哭丧着脸,好像死了什么人。经过打听,寨内果然在办丧事,死的是秃头鹰七十八岁的老娘亲。你别看平时秃头鹰心狠手辣,可对他老娘却百依百顺,是远近闻名的大孝子。老太太活着的时候吃素念经,烧香拜佛,最崇拜的就是大法师赛八仙。赛八仙是落鹰寨一带有名的大法师,在当地有个风俗,不管造房做寿还是死了人,都要请他到家里:新房竣工要念保家经,保佑全家平平安安;做寿念的是宣卷,告诫人们善有善报,恶有恶报,为人在世要多结善缘;家里死了人办丧事更要请道士做道场,超度亡魂,祈祷亡魂在黄泉路上一路顺风。如果家属在阳间不肯好好超度，那么亡魂就到不了阴曹地府，见不到阎王爷，最后成为孤魂野鬼。所以赛八仙在这一带也算是个名人，这落鹰寨他一年要来好几次，这次，办老太太的丧事自然是少不了他的。

人死了，真的有鬼魂吗？鬼魂真的会上黄泉路吗？秃头鹰和众匪徒深信不疑，可是有一个人却不太相信，他就是刚上山不久的龟田。龟田是军人，他根本不信人死了会有鬼魂，要是这样，那战场上岂不是到处都是孤魂野鬼了吗？他见秃头鹰忙了一上午，现在正坐在灵堂内歇息，便凑上去旁敲侧击地问："这赛八仙可靠吗？"秃头鹰有点不满地说："太君，你放心，我不会拿自己的山寨开玩笑的。"

"这个我的明白，不过……"龟田故作担忧的样子，说："这落鹰寨可早就是八路军游击队的眼中钉了，我怕他们会利用这个机会，混进山寨，里应外合，那后果就不堪设想了！再说，那个游击队的单队长可是个智多星，要千万提防他们的阴谋诡计啊！"

"你的担心纯粹是多余的！"秃头鹰不屑地说："太君，你想想，就算几个道士全是游击队，我山上这么多人马难道还怕他们不成？再说了，他们上山首先要经过我们的盘查，根本无法带一支枪一把刀上来，就算他们是三头六臂，又能把我们怎么样？"

说话间，赛八仙和他的法师队已来到了寨门口，秃头鹰忙叫匪队长领他们进灵堂。赛八仙一行七男一女，还抬来了六只沉甸甸的大箱子。可正当他们想进灵堂时，却被龟田拦住了，几个宪兵一下拥了上来，用枪顶住他们，一个个从内到外搜了一遍。然后，龟田用脚踢踢六只大箱子，问赛八仙："这里边什么的干活？"

赛八仙忙打开箱子答道："太君，这箱是我们用的家什，还有五箱，是我们送给老太太的香烛纸钱。"龟田让他们把箱子里的东西通通倒出来，确认里边没有什么可疑之处，才挥挥手，让他们进去。

灵堂内已挤满了老太太的子孙，道士们进来后，每人先向老太太的遗体磕三个响头。不料，他们刚行完大礼，龟田却又走了过来。抓起道士们的双手一个一个检查起来，当检查到三个年轻道士时，龟田的眼珠子都快瞪出来了，他又让三人脱去上衣，一看便叫嚷道："你的，八路的干活！"原来，这三个道士的手上和肩膀上都长了厚厚的茧子，这分明是经常握枪和扛枪所留下的。

灵堂内的气氛顿时紧张起来，这三个年轻道士吓得面无人色，赛八仙赶紧上来解释："太君误会了，这三个年轻人都是穷人家的孩子，平时在家里，不是砍柴就是种地，和我们出来，再沉的箱子也是他们挑，刚才你也看到，这六只大箱子都是他们从山下挑上来的。这茧子都是平常干活留下的，和八路军游击队是完全沾不上边的，你要是还不相信，那我们只好先退出，让刘寨主另请高明吧。"

这一切秃头鹰全看在眼里，他气得鼻子里都快冒烟了：你算什么东西？来到我的地盘，竟然连我请来的人都在怀疑！要不是看在你们也是为了提防八路军游击队的分上，我早就把你们赶下山去了。为了不把事情弄僵，他还是强压住心中的怒气，对龟田说："太君，你不必多虑，我刘某人心中有数，决不会出任何差错的。现在老太太还躺在门板上，你总不能让她死不安心吧？"秃头鹰把话说到这份儿上，龟田自然不好再吭声了，他悻悻地退了下去，静静地注视着灵堂内的一举一动。

道士们开始摆桌子贴佛签，随后又拿出了各自的家什，敲木鱼的敲木鱼，吹唢呐的吹唢呐，打铜鼓的打铜鼓……就在这时，猛听得"砰"的一声枪响，把几个道士吓得扔了家什就钻到了桌子底下，再看坐在板门两旁的子孙们，都吓得你拥我挤一片混乱。不料，混乱中竟把老太太的尸体给挤得滚到了地上。

此刻，龟田也十分紧张，他的目光始终盯着那几个惊慌失措的道士。正当他举枪向他们瞄准时，突然，躺在地上的老太太竟直直地坐了起来，双手对准龟田伸了过去。这一下，把龟田吓出了一身冷汗，他赶紧倒退几步，再定神看去,老太太却又直直地倒了下去。霎时间,埋伏在外边的宪兵队和土匪们也一齐围了上来,秃头鹰被气得暴跳如雷,骂道:"谁他妈开的枪?给我滚出来!"

枪是龟田开的,他是想趁人不备,试试那几个道士,没想到竟弄出这么多麻烦来。好在那几个道士被他吓得不轻,看得出是没上过战场的。于是,他走到秃头鹰跟前,尴尬地说:"刘寨主,不好意思,是我的枪不小心走火了。"

"你……"实在是慑于日军的淫威,秃头鹰只好哭笑不得地说:"太君,老太太胆小,可不能再吓了。"

这一切,趴在桌子底下的赛八仙都看得清清楚楚,刚才混乱时,有人踩在了老太太的肚子上,所以死人才一下子坐了起来,没想到,竟把龟田给镇住了。赛八仙从桌子底下钻出来,对秃头鹰说:"寨主爷,还是先把老太太抬上门板,要不然,她可真的死不瞑目了。"

等把老太太重新抬上门板,道士们才正式开始工作。这一天,可把秃头鹰给忙坏了,作为孝子,他一步都不能离开,一会儿点香,一会儿磕头,到了晚上,直累得浑身像散了架似的。天黑以后,道士们便在山寨四周里里外外点燃了他们带来的香烛,顿时,山寨内香烟缭绕。那些鬼子和土匪,为了讨好秃头鹰,都早早地在山寨守灵,外边夜风凉,全挤在了灵堂两边的厢房内,打牌的打牌,喝酒的喝酒,吵吵嚷嚷分外热闹。

不知什么时候,这些吵嚷声忽然静了下来,整个山寨只有道士们的念经声和那"笃笃"的木鱼声。

秃头鹰是被一阵激烈的枪声惊醒的,他醒来时,已被人五花大绑捆起来了。坐在他面前的是一位身材魁梧的游击队员,他认识,那是单队长。单队长问秃头鹰:"你不是说,你的山寨铜墙铁壁,固若金汤吗?为什么我们没费吹灰之力就把它拿下了?"

"败在你们手里我没话可说。"秃头鹰垂头丧气地说:"我只是想知道,你们是怎么冲上我的山寨的？"

单队长哈哈笑道："这还用问，是你把我们的游击队员当道士请上山寨的呀！"原来，头天晚上，单队长获悉秃头鹰的老娘死了，便料定他第二天要去请赛八仙。于是，他赶在秃头鹰之前，提着一盒缺角的月饼来到了赛八仙家，开导道："日军一日不除，我们的国家就像这盒缺角的月饼一样，永不完整。"

赛八仙虽然和落鹰寨有交情，但他却非常痛恨日本鬼子，他亲眼看见日军在村里烧杀抢劫的罪恶行为，所以他毫不犹豫地答应了单队长，和游击队一起消灭落鹰寨上的日军和土匪。不过，他不知道他能帮游击队什么忙。

单队长就把预先制订好的计划说了出来：赛八仙家有个祖传秘方，是他爷爷研制出来的一种迷魂香和解魂散，人只要闻到他的迷魂香，就会不知不觉地昏睡过去。但如果提前服了他的解魂散，那就毫无顾忌。那挑上山来的五箱香烛全是迷魂香，那三名年轻的道士也是单队长安排的游击队员。他们在上山之前都服了解魂散，所以，等日军和土匪们全部睡着时，他们便轻松地打开寨门，埋伏在山下的游击队顿时一拥而上……

（文/优　洋）

"烂泥岗"人的梦和盼

　　王家大儿子爱上了邻村张家姑娘,小两口情投意合,形影不离。王庆明大伯和老伴看在眼里,喜上心头,想到儿子也该成个家了,于是,为儿子提亲事儿操起了心。

　　谁去姑娘家提亲最合适呢?既要认识姑娘父母,跟他们谈得来,又要能沟通。为此,王大伯心里一直琢磨着,东打听西打听后还是想到了一个人。

　　那天,他请一位朋友到家中,他说:"老弟,今天请你来,有件事跟你商量:你知道,我家大儿子年纪不小了,看他和张家姑娘恋爱时间也不短,两人感情这么好,我想小两口的事也该落个局。听人说你跟张家关系不错,有劳你今天去张家跑一趟,为我儿子的终身大事提个亲,做个媒,你看如何?"

　　听了王大伯的话,朋友说:"老阿哥呀,你信得过我,我当然愿意做个现成介绍人,还巴不得姑娘父母成全小两口的婚姻大事呢!"

　　朋友出门了,王大伯待在家里打理着家务杂事,等候着朋友带来好消息。

　　傍晚时分,朋友回来了,进门就说:"老阿哥,我见着姑娘父母啦!事情总得给你个回音哦！"

王大伯闻声从里屋走了出来，连声说道："辛苦你了！请坐！请坐——老太婆，泡茶来！"

两人转身落座，朋友说："事情是这样的——"

"慢慢说给我听，女方父母有些什么吩咐？"王大伯搁着心事说。

"姑娘她爹说了，两个年轻人谈恋爱的事他们知道了，对你儿子他们也有了解。"

"他们怎么说？"

"他们说王家大儿子这个人倒长得不差。"

朋友的话使王大伯的心情轻松了许多，于是便问："他们还说什么？"

"姑娘她妈说，要说王家父母人也很厚道，勤劳踏实。"

话说到这里，王大伯似乎觉得女方父母倒很在意，这门亲事有眉目了，脸上不由得起了喜色，问道："他们同意这门亲事啦？"

"不过……对方说……"朋友话到嘴边，又咽了回去。

"不过什么？"王大伯催促朋友打开嘴巴里的话，"他们家提了什么条件，你尽管说来！"

"条件嘛！咳——"面对眼前这位老阿哥，朋友心里掂量着，女方所说的"条件"，不知如何告诉才好。

"你我又不见外，实话实说吧！"

"对方说，只是董郎岗是一个'烂泥岗'，永远不会有出头之日，他们不会让女儿嫁过来吃一辈子苦的！"

"咯噔——"王大伯心头一颤，没想到女方不是提三媒六聘条件，而是这般"条件"。

朋友的直言告白使得王大伯热乎乎的心掉入冷嗖嗖的冰窟，自尊像是被人重重地踩上了一脚……

事情真实地发生在二十多年前的董郎岗村。"嫁女不嫁董郎岗"——

多少年来深深地伤害着村民的自尊心。

一百余户人家的董郎岗村,坐落在嵊州市崿大山南麓。相传五代时期,一位董姓人士入赘这里,人称董郎。后来因子孙繁衍,取村名董郎岗。

这里三面环山,自然条件差,村前岗陡路窄,出行极其不便。一直以来,老百姓赖以生存的是岗上那片薄地、岗下几分贫瘠的耕田,经济收入微薄,村民生活艰苦,董郎岗也成为远近闻名的贫困村。

村庄环境也十分糟糕:雨天道路泥泞,出门泥巴沾满一身;晴天尘土飞扬,风尘满头是平常事。董郎岗因此被人戴上了"烂泥岗"的帽子。

贫困让董郎岗人抬不起头,直不起腰,但是,他们志气不穷,把甩掉"烂泥岗"帽子的决心埋在心底,改变落后面貌从而改变命运的梦想从来没有放弃过。

二〇一一年九月,村东下坂水库(温泉湖)因拥有稀有的湖底火山型温泉,被村民开发建成了绍兴温泉城。来泡温泉的游客一天天多了起来,小山村这下可热闹了,对有梦想的董郎岗人来说,盼来了脱贫致富的希望。

游客大多数来自宁波、杭州和上海等大城市,他们虽然温泉澡洗得舒服,但是吃住要到嵊州市区,不是十分方便,一来二去游程打折,游客们感到很扫兴。

机会总是留给有梦想的人。聪明的董郎岗人看出了苗头,何不趁此机会开个农家乐或者民宿,说不定能走出一条致富的路子来呢。

不多时日,有人搞起了农家乐,也有人搞出了民宿。人说赚钞票的事都会看样学样。看到有人赚起了大钞票,于是,张三看李四,王五看赵六……七百多米长的南北村道上突然冒出了十多家门店客栈,一时间顾客盈门生意兴隆。

村领导班子看到了这样的发展势头,积极向上级争取补助资金,鼓励更多的家庭经营民宿。多少年梦想,今朝成了真;多少岁盼望,总算有了头。

谁也没想到,刚尝到生活的甜头,随之便舔到了苦涩的烦恼。泡温泉的游客容易受季节影响,忙季生意兴旺,淡季一落千丈,面对这样的困境,董郎岗人茫然了。

单靠温泉城这棵大树,没法让更多人乘凉。山村要振兴,百姓要富裕,产业是根本。村里领导看出了发展中存在的问题,提出要"背靠大树,拓展思路,自己营造财富林,走出脱贫致富可持续的新路子"。

问题是如何找到打开思路的钥匙,推动进步的力量。董郎岗村山多树绿林茂,山顶伸手可以触摸到蓝天白云,山腰云雾升腾像是人间仙境,山涧泉水叮咚四季作响,山湾水库清波荡漾,山坡茶垄青翠满眼可爱……

思路开了,往日的自然环境成了得天独厚的发展资源,打造成观光旅游、休闲度假的精品特色村,康乐疗养的世外桃源景区村,让更多游客既能安心地住下,又能舒心地待着,民宿经济不就有了源泉呀!董郎岗人要把财富林造在美丽乡村的"金山银山"上,这个想法很快得到了上级的支持。

想一千,道一万,不如放开手脚干一番。村里立刻搞起了美丽村庄建设:绿化、亮化和硬化道路,实施民房立面改造,拆除旧房腾出空间建起花园,将民宿一条道打造成风情一条街,将村西庙前水库建成水景公园,荷塘月色,爱情大道……特色景点一个接一个应运而生。

青山,绿水,美景,温泉,民宿,有什么文化名片可以提升旅游品位?他们想到了人文资源。

王金发一八八三年生于董郎岗村,是辛亥革命志士,一九一五年在杭州遇害,短暂一生充满传奇色彩,被孙中山先生誉为"东南一英杰"。他家坐西北朝东南的"居之安"年久失修。村里主动联系嵊州市文物保护部门和有关单位,配合对这座四合院进行了修缮,使它重新焕发出故居风貌。

小山村发生了蝶变。这些年来,村容村貌越来越靓丽,生态环境越来越美丽;风情街上常年游客不断,人气闹猛;老百姓人均年收入接近6万元,民宿生意越做越火红;村民腰包鼓了,家家盖起了新房子……董郎岗村一跃成为浙江省民主法制村、浙江省美丽乡村"精品特色村"、浙江省3A级景区村、浙江省生态文化基地、浙江省"乡村氧吧"。

知名度在提升,越来越多的游客喜欢到董郎岗村休闲旅游和疗养度假。用民宿老板应国锋的话来说:"以今年为例,除了三四月份受疫情影响,生意比较清淡。五月份以来,游客天天满,不少还是回头客呢!"

"想不到大城市来的游客,特别喜欢住伢农家小院,吃伢乡下农家菜!"有人说。

"个恁(介)地方山水环境养人,新鲜空气养人,美丽风景养人,汏(泡)个温泉浴来得塞养人。"一位上海游客说,"阿拉来这个小山村老开心呐!住些涅价(日子)白相白相,感觉老适意来!"

"烂泥岗"如今在游客眼里是休闲旅游和疗养度假的"景养岗"。

"扔掉了'烂泥岗'的臭帽子,外村姑娘一个个嫁进村里来了,小伙子不用担心娶老婆难啰!"王庆明大伯感慨地说。

只为一个梦和盼!贫困落后的"烂泥岗"已经翻篇,"嫁女不嫁董郎岗"成了历史。

从贫困到富裕,董郎岗人脸上洋溢着幸福自信的笑容,他们说:好日子全靠共产党改革开放好政策!相信自己的路会越走越宽广,生活会越过越甜蜜,家乡的明天会越来越美好!

(文/刘兴文)

幸福老两口

　　农历九月九日老人节那天，幸福弄"养老之家"终于开张，迎接二十对老人入住。院门外张灯结彩，李院长给老人们挂上红绸缎，锣鼓喧天，好不热闹，其中就有一对老人是我的高知邻居——赵校长、赵师母。

　　院门口，赵校长坐在轮椅上，赵师母依偎在一旁，阳光穿过古老的槐树权，打在赵校长身上，他满头银发闪着微光。赵师母特地穿了件大红褂子，老两口笑得像花儿一样。那场景如一张照片定格在眼前，我仿佛看到幸福的泉水正在流淌。

　　此刻，往事浮现。

　　我住在绍兴老城区，小区老年人的数量与日俱增。刚入住那会，赵校长老两口刚退休，身体硬朗，喜欢跟邻居唠嗑，但他们时不时会消失一年半载，后来才知道赵校长的一对儿女定居美国，一个在大公司任职，一个在大学任教。那些年，儿女的孩子相继出生，赵校长夫妇就跑去美国帮忙带小孙孙，发挥长辈余热。

　　孙辈们渐渐长大，老两口也老了，赵校长八十岁，赵师母也七十八岁了。

近年来,老两口的身体每况愈下。

一日,我在小区里遇见赵校长老两口坐在花坛边晒太阳。"赵校长。"我问,"好久没见你们去美国看望儿女了。"

"老了,折腾不起。"赵校长叹了口气。

我点头。"美国太远,坐趟飞机能把腰坐折了,年轻人都吃不消,就让儿女们多回来看看你们。"

"唉……他们哪有时间,工作、家里一堆事。"赵师母说。

"也是,都不容易。"

"两个孩子孝顺,担心我们年纪大了没人照顾,希望我们去美国安度晚年,还给申请了美国绿卡。"赵校长接茬,停顿了一下,他道:"不过我们拒绝了。"

"嗯,我和老公都不想离开,这是我们土生土长的地方,走了,根就没了,我们可不想死在异国他乡。"

"那……"我不知道该怎么说下去。

"不怕。现在养老也不是什么大问题。"赵校长仿佛明白了我的意思。顿了顿继续道:"你们年轻人可能不清楚,绍兴去年十二月居家和社区养老服务已被列入国家试点。"

"哇……这么牛,都被国家关注了。"

"那是。"赵校长很骄傲。"面对日益严峻的'养老'问题,近年来绍兴以老年人需求为导向,正在着力打造'幸福安康、智慧养老'服务品牌,构建起'一张网、一键通、一站式'服务体系,走上了'智慧养老'的创新实践之路。"赵校长说得头头是道。

"哈哈,赵校长到底是高知,说话像念报纸。"我开了一句玩笑。

"你赵校长现在不看报纸了,每天看那个叫什么来着?"赵师母在一旁插话。

"'越牛'新闻?"

"对,就是这个,前儿还在上面抢消费券,又不会用,凑什么热闹!"赵师母嗔怪。

"要与时俱进,懂不?我已经找人帮我在手机上安装了支付宝。"赵校长认真的样子像个老小孩。片刻,他抬起头朝我笑笑,脸上的皱纹越发深了,沟沟壑壑,刻满岁月的痕迹。他从怀里掏出一张小卡片递给我,"你看!上面有好多老年服务,很方便。"

"嗯,"赵师母在一旁点头。"我们试过了,好用。前阵子老赵想理发,说试试这'一键通',按下后不到五分钟,社区居家养老服务照料中心的王阿姨就过来给他理了发。"

"省心,以后就不用跑理发店了,年纪大了走几步都累得慌。"

"听说我们社区在发居家养老服务券?"我问。

"是的,七十周岁及以上城市社区老人每人每年一百元,可支付家政服务等。"顿了顿,赵校长继续道,"听说现在已经有了养老护理员队伍,还成立了养老与家政产业学院,培养专业化人才。"

"哦,那你们真不用愁了,儿女在国外也安心。"

赵校长点头。"目前一点问题都没有,过些年我们还是想去养老院。只是……"他摇摇头,"最近几年养老院建了不少,可大多偏远,实在不便。你赵师母现在身体还行,能照顾我,等她身体不行了也麻烦。"一缕愁绪在赵校长脸上闪过。

一个月后的某个夜晚,一辆救护车呼啸而过。次日才知是赵校长被拉去了医院——中风。因为抢救及时捡回一条命,赵校长从此得与轮椅为伴。世事难料,印象中,赵校长身体还算健康,平时也注重养生与锻炼。

半年后,我在小区又见到赵校长。"好久不见!"我问候道。

"嗯,老在屋里窝着,闷坏了。"赵校长点头。

"哎,老头子吵死了,非要出来晒太阳,可把我给累坏了。"赵师母捶捶背,埋怨。

"我这个样，现在很担心你赵师母，怕把她身体也给拖垮……"赵校长叹息。

送赵校长回来的路上，我们又聊起了养老院。赵校长夫妇进养老院的想法越发迫切，可惜一直找不到满意的。他们不想去乡下或远郊，毕竟城里住惯了，同时也嫌那些养老院设施、设备不好，抑或是护理人员不够专业。

我理解赵校长，我也相信像赵校长这样的老人不在少数，我突然想到一个人，我表哥的朋友——李老板。李老板在幸福弄有一间闲置的厂房，幸福弄位于市区，地段理想，他开厂很多年，后来生意不好关了，听表哥说正在找项目。

我给表哥挂电话说了有关养老院的想法，表哥答应找李老板问问。隔天，表哥回复说李老板对养老业务不熟悉，不想盲目投资。

想想也是，李老板一直做纺织，养老完全是跨界，这年头钱不好赚，李老板怕钱打了水漂，也在情理之中，但我并不想放弃。

半个月后，在表哥的帮助下，我终于约到李老板。

稽山公园游山茶坊，安静雅致，我特地选在这里与李老板会面。"你表哥也在，你说的那事我不想干。"李老板开门见山，一看就是爽快人。

"不着急。"我笑笑，"先喝茶，我们难得聚聚，表哥说你是大忙人。"

李老板点头。

"老李，我妹这建议不错，你那厂房空着可惜，就当是废物再利用。"表哥笑言。

"废物利用？你老兄站着说话不腰痛，开养老院的话厂房要改造过，又不是拿来就能用。"李老板道。

"那就改造呗，养老产业是朝阳产业，未来必然有很大发展空间。"我接茬。

"改造要钱，请人也要钱。这行我不懂，再说老人钱难赚，要是血本无归我找你们吗？"

"哈哈。"我笑起来,"我算是听明白了,李总不是不想做是不敢做。"

李老板点头,咂了咂嘴,然后将茶一饮而尽。"以茶代酒,今儿我请,感谢你们替我谋发展,我有事先走一步。"说完起身告辞。

"我说他不会干,你不信非要约。老李为人谨慎,前些年生意亏了,现在更不会轻易出手。"表哥道。

我笑笑,意料之中。"哥,没事,就当来这里喝个小茶,多好!"

表哥白了我一眼。

两个月后,表哥打电话问我怎么回事,说那天去找李老板,才发现他正在动手改造闲置厂房开养老院。表哥很疑惑。

"他没告诉你原因?"我问。

"他忙得团团转,没工夫应我。"

"无巧不成书。"我在电话里忍不住笑起来,表哥听我一说也乐了,最后他道:"你是促成了一件好事。"

从茶室出来,我就开启了朋友圈寻专家之旅,可问来问去,都说不清楚这里面的门道。转眼一个月过去了,就在我打算放弃时收到了一张婚礼请柬——老邻居的儿子结婚。在这场婚礼上我找到了专家,新娘在民政局工作,主要负责养老这块。后来我把这事跟她说了,她很乐意给李老板提供帮助。

一切水到渠成,找专业设计人员改造闲置厂房,办理相关手续……

我把这个好消息告诉赵校长夫妇,他们很开心,打算改造完就去参观。李老板也是个有心人,特地去外地考察了多家养老院,收获满满。

准备就绪后,李老板决定将"养老之家"定在农历九月九日开张。

"现在应该叫李院长了。"

走进"养老之家",赵校长就被深深吸引住了,里面的设施多为老年人考虑,使用非常方便。房间布置温馨,每间房都装有呼叫器,走廊楼梯全有扶手,还有无障碍通道,像是专为赵校长这样行动不便的人量身定制;另设有特护房,房内有吸氧设备、消毒设施等;房外还有简易的健身设施,如空中漫步机、扭腰器等,边上种满了花花草草;院外还有一大块空地,供老人认领种植。此外,李院长还给老人们配了专业的护理人员,提供个性化服务。

开张仪式完毕后,一行人进入食堂聚餐,食堂由原来的职工食堂改造而成,新安了两台电视机,供老人们吃饭时使用。对行动不便的老人,一日三餐则会有专人送入房间。

此时,电视上正在播放记者对一位政府官员的采访,这位政府官员看上去神采飞扬,对着话筒:"我们要用发展产业的理念发展养老事业,进一步推进智慧居家养老,打造标准化全国样板……"

食堂里有人在鼓掌,有人在欢呼,场面很热烈。

李院长受到感染,他举起酒杯站在食堂中央,向大家挥挥手,然后道:"我有信心将幸福弄'养老之家'办好,办出特色、办出口碑,我要让来这里的每一位老人体验到家的感觉。"顿了顿,他道:"响应政府号召,我将把我的后半生都奉献给养老事业,继续办下去,在市区办连锁'养老之家',有了幸福弄,将来还会有更多的'弄'。"

掌声再一次响起,李院长端起酒杯,一饮而尽。

我相信:故事还将继续……

(文/张剑心)

垃圾桶里的巨款

　　一大早，马大妈抓起厨房的垃圾袋，提下楼顺手扔进了公共垃圾桶，兴高采烈地去买菜。想着今天要和老伴去房产公司交款签合同，即便是负债累累，心情也特别好，脚步更是特别轻松。这可是她多年来的梦想，每次总是攒下来的钱赶不上房价上涨，以付不起首付而告败，现在儿子对象找好了，实在拖不下去，只好硬着头皮跟亲朋好友四处举债二十二万元，凑够了房子首付款。买好菜回来时，看到垃圾桶旁站着一个人，一手提着一只鼓鼓囊囊的黑色马甲袋，一手在里面飞快地拨弄着，便好奇地跑过去，打趣地问道：又捡到什么宝贝了？过期的东西不能吃的哦。

　　此人名叫杨小小，人如其名，是社区的垃圾转运员。马大妈的问话，惊得他猛一回头，下意识地把马甲袋藏到了身后。马大妈一侧身，从黑色马甲袋的破角处瞥见了成沓的百元人民币，惊呼起来："你捡到钱了？"

　　杨小小见被人发现了，也就连连说："是啊，是啊，是捡到钱了。"马大妈又问他哪里捡的，他答是垃圾桶里捡的。马大妈大笑起来："天下有这么傻的人？会把钱当垃圾扔了？我只听说有人把吃不完的、用旧了的扔了，从来没听说有人把用不完的钱也扔了的,你把人家烧剩下的冥币当人民币了吧?"

杨小小晃了晃马甲袋,解释道:"是真钞票,而且就是在这只垃圾桶里捡的,这么一大包呢。"

马大妈立刻警惕起来,心怦怦直跳,这么一包和她家藏着的借款刚好差不多,她第一反应就是这是个骗局,脱口而出:"你玩丢包的把戏吧,你是不是还要和我分钱?弄包假钞来当诱饵,把我骗到什么地方分钱,然后骗取我的真钞票?"

杨小小连连摆手,说:不不不,我没骗你的,真是捡了钱,既然你也看到了,咱俩分了也行。

马大妈再次打量他,还是不信:"天下会有这样傻的人?捡钱了还会在原地等另外一个人来分的?这分明就是个骗局,这丢包的把戏也太老套了,现在还有谁会上这个当啊,无论你装得多老实,我都不相信。"

杨小小说:"大姐,真是捡钱了,我都没见过这么多钱,吓呆了,还没来得及跑就遇上你了。"说完,他朝前跨了一大步,将马甲袋凑到马大妈跟前,让她自己辨别真假。

马大妈连忙躲闪:"你别靠近我,是不是要给我下迷药?肯定是假的,还是你自个儿拿回去吧,丢包的会丢真钱吗?都什么世道了,没想到你这个扫垃圾的也这样坏。"她边说边转身往回走。

马大妈慌慌张张地跑回家,拍拍胸口缓了口气,对老伴于进水说:"进水啊,刚才好惊险啊,小区里那个扫垃圾的死东西竟然也设局骗我,好在我警惕性强,才没上当,一会去房产公司交钱的路上,千万要当心。"

于进水被吓住了,忙问是怎么回事情,马大妈一五一十地把刚刚楼下遇见垃圾转运员捡钱的事情复述了一遍,心里疑惑不解:"这骗子怎么会知道我家有一大包钱的?你说这骗子是不是有什么特异功能?"于进水听完后也紧张起来:"难道他真知道我把钱藏在厨房的垃圾桶里?"马大妈几乎要跳起来:"什么?你把钱藏在垃圾桶里?"于进水回道:"是啊,藏在哪里都觉得不踏实,就藏到厨房垃圾桶里了,再贪心的小偷也不至于去翻垃圾桶吧。"

马大妈边喊不好,边往门外跑。"快去追,那钱是我们家的!"

于进水也跟着"噔噔噔……"下楼,早已不见垃圾转运员的人影。马大妈头晕目眩,腿发软,瘫倒地上。于进水赶紧去扶老伴,声嘶力竭地喊着,"老太婆、老太婆……"小区里听到喊声的人忙奔过来,见此情形,叫于进水赶紧打120叫救护车。马大妈挣扎着摆摆手,说不要打120,要打110,钱要紧,钱被运垃圾的拿跑了。

于进水一头雾水:"我家的钱怎么会被运垃圾的拿跑了?"马大妈哭丧着脸说:"被我当垃圾拿下来扔垃圾桶里了。"闻此言,于进水血往头上涌:"你怎么这样糊涂啊,那可是借来的首付款啊。"马大妈连连摇头,道:"我也不知道啊,你怎么就把钱藏垃圾桶了?藏就藏了,也不给吱一声。"

大伙以为马大妈被运垃圾的抢劫了,手快的迅速掏出手机报了警。没过几分钟,110警车就来了。车上匆匆走下两位民警,问明原委后也犯难了:一是没证人,二是杨小小既不偷也不抢,他们没办法立案,没办法立案也就没办法管这个事情,唯一能做的就是协助找人。民警安慰了几句,说是帮助找人去,就一溜烟跑了。

围观的人越来越多,有支招的,有摇头叹息的,也有抱怨他们夫妻的。你这个于进水真是脑子进水了,怎么想到把钞票藏进垃圾桶的;你这个马大妈也真是个马大哈,这么一包钞票和平时的垃圾分量肯定不一样的,看也不看就给扔掉了,扔掉就扔掉,结果还看着人家把钱拿跑了,在自己小区有什么好怕的,喊人啊,大家赶下来,他就拿不走了;这个数字也不吉,二十二,真是两个二货……二十二万元顶十年扫垃圾的工资了,可以盖房子、买家电……他肯定拿着钱跑回老家去盖房子了,这些外地人又不像我们本地人这样节俭,也有可能拿着钱花天酒地去了……

这议论越多,马大妈和于进水越闹心。更闹心的是,民警出去转了一圈回来说,他们找遍了,去垃圾中转站的路上也没见其踪影,到社区里调查,发现手机关机,有线索了再通知,即使找到了人,他说把钱当垃圾扔了,我们也是没办法。

马大妈绝望地坐在地上捶胸顿足,发誓要是抓住了这个扫垃圾的王八蛋,非扒下他的皮不可。

时间一分一秒地过去了,围观的人去了又来,始终不见减少。议论的焦点无非是这钱落到一个乡下来的保洁员手里,肯定要不回来了。这种乡下人素质差、见利忘义,甚至抱怨社区招保洁员也不负责任,阿狗阿猫,只要会扫地的都要,要是保洁员素质高点,很可能有拾金不昧的感人事情出现,这钱也就有回过来的希望了……叽叽喳喳,一片混乱,让人既闹心又上火。

就在这时候,忽见一位身材矮小的男子奔跑过来,挤进人群,蹲下身去看了看地上坐着的马大妈,惊讶道:"难道丢钱的是你?"马大妈抬头看了一眼,立刻以迅雷不及掩耳之势扑过去。这男子正是垃圾转运员杨小小,他没防备,被马大妈抓住并按倒在地。

马大妈咆哮着:"把钱还给我!"

围观的人先是蒙了,听得马大妈的喊声后,立马明白了,这捡钱的人自己送上门来了,于是跟着喊:"把钱交出来,快说把钱藏哪儿了,不说的话,我们要打110了,让警察把你抓起来。"

杨小小挣扎着,叫喊着:"放开我,放开我。"怎奈,马大妈使尽浑身力气,死死地按着,坚定地说:"不放,你不把钱还我,我就不放你。"

接着,又一位跑得气喘吁吁的妇女,抱着一只黑色的马甲袋也挤进了人群,大声喊道:"赶紧放开他,钱在我这里,你们真是不识好人心。"说话的妇女,不是别人,正是社区主任。马大妈放开杨小小,腾地站起来,一把从主任手里抢过黑色的马甲袋,打开一看,激动得热泪盈眶,喃喃自语:"钱,我的钱又回来了!"

围观的人,把注意力都集中到了社区主任的身上,社区主任慷慨激昂:

"杨小小这种拾金不昧的精神值得大家学习,他传递着正能量,传递着社会风尚和道德情操,二十二万元呀,你们知道吗?这可是他十年的工资,一个节俭得只有给老婆打电话才开机的低收入者,却如数把这笔巨款上交给了我们,我问他看到这么多钱有没有动心,他说得好:'动心,可是人家伤心。'"

此时,杨小小已经悄悄走出小区大门,背影坚实有力。

（文/何玉宝）

血染的红星

春伢子是一名来自瑞金的小红军,当年,参加长征时,他还是个十四五岁的少年,人还不及枪高。他是一名孤儿,又是多年的儿童团团长,年纪虽小,资历不浅,加上人又机灵,站岗、放哨、送情报样样干得很出色。当红军开始长征时,首长拗不过他的软磨硬泡,终于同意带着他这个小不点,一起踏上了漫漫长征路。刚开始时,他只是一个传令兵,只要首长一下达命令,他总是克服各种困难,迅速而准确地将命令传达到位,首长和战士都很喜欢他,因此,大家都不叫他春伢子,而称他小机灵。

(一) 鏖战湘江得军装

当时,小机灵人很瘦小,没有合身的军装,整天是一身儿童团的装束。但作为一名小红军,没有红军军装,他心里真不是滋味。他非常渴望有一套自己的军装,他想,只有穿上了军装,才算是一名名副其实的红军战士。

小机灵的心思当然瞒不过首长的眼睛,但当时一直在行军途中,况且战况紧张,确实没有机会帮小机灵定制一套合身的军装。为了安慰他,首长告诉他说:等长征胜利结束了,或者,小机灵立了战功,一定为他量身定做一套崭新的军装。

首长的许诺,小机灵牢牢地记在心里,他暗暗地下定决心,一定要在长征途中立个大功,好让自己尽早穿上红军军装。

一九三四年十一月,为了跳出国民党军的包围圈,突破敌人的围追堵截,红军在湘江边与国民党军队展开了殊死搏杀,八万多红军战士面对三十多万国民党匪兵,以大无畏的英雄气概,经过几个昼夜的浴血奋战,终于成功地横渡湘江,冲破了敌人的重重包围。滔滔湘江水,被鲜血染得血红血红,五万多名红军指战员为此献出了宝贵的生命。

在这样一场事关红军生死存亡的惨烈战役中,小机灵和其他传令兵一起,冒着连天的炮火和九死一生的危险,一次次将首长的命令准确地传达到位,为红军官兵了解和贯彻上级作战意图,发挥了重要作用。等部队渡过湘江以后,首长特地让一名女红军为小机灵改制了一套军装,并摘下自己头上的军帽,扣到了小机灵的头上。

当夜,小机灵穿着崭新的红军军装,整夜和衣而睡,手上拿着首长亲自赠送的军帽,抚摸着帽子上的红五星,兴奋得一夜未曾合眼。那一晚,他才觉得,他终于成了一名真正的红军战士。

时间飞快,转眼到了一九三七年。小机灵也从一个少年长成了大小伙子。特别是经过战争的洗礼,他屡建战功,早已经成为一名光荣的中国共产党党员,并从一名传令兵,成长为某部连长。随着身体的长大和经年累月在枪林弹雨中摸爬滚打,他早先的军装已经换了好几套,但是,那顶首长亲自赠送的军帽,他怎么也舍不得换掉,始终戴着。他说,留着这顶军帽,不仅仅因为是首长送给他的,更是他第一次荣立军功、正式成为红军战士的最好纪念,他要一直戴到新中国成立。

那年,卢沟桥事变后,日本侵略者大举入侵,抗战全面爆发。在"西安事变"后,蒋介石不得不同意接受成立全国抗日统一战线的主张。根据国共两党达成的协议,红军主力部队改编为国民革命军第八路军。随着八路军的诞生,上级下达了统一换装的命令。想到与国民党殊死奋战了近二十年,现在却要把象征红军的领章、红星换下来，不要说普通战士，就是已经是连长的小机灵，思想上也实在难以接受。但是，共产党的军队，历来严格执行一切行动听指挥的命令，再有什么想法，命令必须服从。换装那天，许多战士都流下了眼泪。作为连长，小机灵虽然也一百个不情愿，但还是带头换了装。但是，当他摘下军帽后，含着眼泪一遍一遍地抚摸着上面的红五星，怎么也舍不得放弃，最后，他小心翼翼地拆下那枚红五星，虔诚地放到了嘴边，深情地吻了好长一段时间，然后放到了贴身的上衣口袋中。

（二）平型关中勇杀敌

随着抗日烽火的熊熊燃烧，全国上下同仇敌忾奋勇抗日，八路军活跃在华北战场痛击日军屡建奇功。一九三五年九月二十五日，八路军 115 师在平型关对日军进行了一次震撼世界的伏击战。共产党领导的八路军，与所谓的日本钢军板垣征四郎部浴血奋战，共歼灭日军一千多名，取得了中国军人抗击日军以来的第一次大捷。这一战，彻底打破了所谓日军不可战胜的神话，迟滞了日军的战略进击，打乱了日军迂回包抄华北的企图。

在这一战役中，小机灵所部，在老爷庙一线截击日军先头部队，在战斗最激烈的时刻，他带领战士冲入敌群，与日军展开了肉搏战，他一人连捅了三名日军，最后不幸被流弹击中了左肩膀。

当时，部队军需保障还比较薄弱，经过简单的救治后，他被送到了根据地一户邢姓人家养伤。

邢家在当地也算是个富庶的经商户，一家人都具有较强的民族气节。邢大爷经营着几个店铺，抗战爆发后，他多次出资资助抗日武装。儿子邢向武是阎锡山部的一个上尉营长，在抗日战场上，也算得上是个悍将；女儿邢向文，从小饱读诗书，知书达礼，现在是当地妇救会主任。小机灵被送到他家去养伤，得到邢家的悉心照料，特别是作为妇救会主任的邢向文，对他更是事无巨细百般照料。

在那个特殊的时期,战斗英雄往往是深受少女崇拜的偶像,面对小机灵这个在抗日战场上叱咤风云的人物,慢慢地竟让邢向文芳心初开。

一天,邢向文端来一碗炖好的鸡汤,边一匙一匙喂给小机灵喝,边有意无意地问道:"我说大英雄,你这样勇猛的人,怎么没个像样的名字,难道小机灵就是你的真名?"

"谁说我没名字? 我的大名叫春伢子。"小机灵答道。

"春伢子? 这么大的人叫春伢子,伢子,哈哈哈哈,还大名呢,笑死我了,这哪像个大英雄的名字,我看还不如小机灵好听。"邢向文咯咯笑着说:"我说春伢子,那你姓什么?"

"我姓,我姓……"小机灵一时竟答不上来。

"难道你连自己姓什么都不知道?"

"说实话,我从小是个孤儿,村里人都叫我春伢子,真不知道我到底姓什么。"

"哈哈,那按我说,就姓春好了,春心萌动的春。"邢向文说完,对着他含情脉脉地瞄了一眼,脸上泛起了一阵红晕,又咯咯笑了起来。

"你,你……"小机灵此时全无机灵劲了,不知如何对答是好。

"你什么你,本姑娘可是有名有姓的。"邢向文嗔怪地说道。

"邢姑娘,你就不要说笑我了,你伶牙俐齿的,我可说不过你,你就别为难我了。"

"怎么啦,一个对日军毫无畏惧的英雄,难道还怕我这个女流之辈不成?难道在战场上是连死都不怕的英雄,在情,情,情……"

"情什么?"

"难道就是在情场上毫无一点英雄气概的狗熊?"

话说到这份儿上,小机灵就算再木讷,也不会不理解邢向文的心思了,一刹那,脸色就绯红了。

不多时日,小机灵的伤就痊愈了,他与邢向文的感情也在急剧升温,这一切,都没逃过邢大爷的眼。本来,他对小机灵也很赏识,现在看到自己的爱女爱上了小机灵,倒也觉得比较般配。但他只有这么一个女儿,她的终身大事他想还是慎重一些为好。为此,他想到了儿子邢向武,他认为,儿子也是个领军打仗的行伍中人,既见多识广,又与小机灵是同道中人,应该会有共同语言,那就让他回来交流交流拿个主意,这可就更加稳妥了。所以,他快速地向儿子说明了情况,让儿子千万回家一次,请他来对小机灵考察考察。

邢向武一接到父亲的口信,果然当天就急匆匆地回到了家里。想不到他还没与小机灵见上一面,就把父亲与妹妹拉到内房,劈头就对妹妹说:"小妹,我看你是昏了头了,终身大事岂是儿戏?你什么人不好嫁,非要找这么一个人?"

哥哥一上来不问缘由就劈头盖脸一通训斥,邢向文一下就火了:"我昏什么头了,你知道他是什么人吗?他是抗日英雄!"

"抗日英雄?你不要被他一时的光环所迷惑,什么抗日英雄,一群土八路能成什么气候?抗日还不是要靠我们国军?"

"土八路怎么啦,土八路还不是打出了威震国人的平型关大捷?你说抗日要靠你们国军?你们国军是厉害啊,不仅把东三省全丢了,还一路节节败退,你还好意思说人家八路不行!"

"小妹我看你是被他洗脑了,他充其量是个共匪,流寇一个,怎能登上大雅之堂?告诉你,蒋委员长迟早会收拾他们。"

"我看你才是中了蒋介石的毒,现在都到了民族存亡最危急的关头,你们不好好抗日救国,竟然还一心要把全力抗日的共产党斩尽杀绝,你还好意思来训斥我?"

"好了好了,我说你们有话不能好好说吗。"邢大爷一看兄妹俩一见面就这样针尖对麦芒,赶紧出来打圆场。"我说向武,你刚才说的话,我看也是太武断了,国共两党之争是以前的事,现在凡是中国人,都应该团结起来一致抗日,这才是正道。你妹妹说得在理,共产党的军队是在真心抗日,你怎么能说他们是什么是匪啊流寇啊,我看你这话也真的不中听。"

"爸,你怎么与小妹一样目光短浅啊,现在一致对外只不过是无奈之举,哪天真把日本鬼子打跑了,你说蒋委员长怎么可能一山容二虎啊。"

"好了好了,这些政治上的事我们平民百姓也不了解,我啊,就感觉共产党是真心抗日,感到这个小机灵人确实不错。我说向武,我们的家事,我看还是不要扯到什么政党之争上去吧!"

"这能不放到一起谈吗?如果今后国共两党反目,小妹嫁了个共产党,这,这,这,你说这怎么是好?"

"什么好不好的,哥,我实话告诉你,我看共产党就是比你们国民党得民心,这个小机灵,我是嫁定了!"邢向文柳眉一竖,厉声说道。

"好,那我也把话搁在这里,你要是死心塌地嫁共产党,有朝一日,可别怪我不认你这个妹妹!"邢向武也声嘶力竭地说道:"现在我就直接去会一会这个什么小机灵,我倒要看看,他到底用了什么迷魂药,竟然能把我的亲妹妹,蒙骗得如此执迷不悟。"

(三)兄妹反目结冤仇

本来,小机灵从邢向文口中早已得知,她有个哥哥在国民党军队中当营长,也知道为了他俩的事,她父亲要哥哥回来拿个主意。刚才,他们在内房的一番争论,他也听了个大概,他想不到这个所谓国军的营长,竟然是个仇视共产党的死硬分子,那个营长最后说要来会他一会的话,他听得一清二楚,心想,一场交锋是避免不了的了。

果然,不一会儿,邢向武脸色铁青地走了过来,开口就说:"我说那个叫什么小机灵的,我问你,你在共产党的队伍里混了个什么官?现在是什么军衔？”

"我们共产党的队伍还没设军衔,也不叫什么官,我是个连长。"小机灵不卑不亢地回答道。

"一个小小的连长,见到长官也不敬礼？你懂不懂规矩？"

"共产党内一律平等,没你们国民党那么多规矩,再说,我是共产党的军人,没义务向你这位所谓的国军军官敬什么礼。"

"什么？你说什么？现在是国共合作时期,你竟然还分共党、国军？反了不是？"他边说边手摸向手枪,似乎就要拔出枪来。

随即出来的邢大爷一见,马上呵斥道:"向武,这是在家里,你要什么威风？"

"既然我父亲发话了,我就不与你这小兔崽子一般见识,我问你,你要娶我妹妹？你有多少家当,你用什么来保证我妹妹一生的幸福？"

"我房无一间地无一分,但我有一颗爱她的心,这是再多的金钱也买不了的。只有相爱的两个人在一起,才有真正的幸福。我会娶向文,但不是现在,等到抗战胜利了,打跑了小日本,我才会高高兴兴地与向文结婚。"

"一个送死的小连长,迟早会在战场上被崩了,还等打跑了小日军再结婚,做你的美梦去吧。"邢向武说完,嘴角还不由得露出了一丝奸笑。

"邢向武,你不是人,我没有你这个哥哥,你给我滚！"一旁的邢向文怒不可遏地吼道。

"好,我滚,我滚,总有一天,就是日本人不打死他,我也会一枪把他崩了。"邢向武见妹妹这样骂他,也恼羞成怒地吼叫道,最后,他狠狠地瞪了一眼小机灵,咬牙切齿地蹦出几个字:"你就等着吧。"

（四）赠颗红星作信物

不久,小机灵彻底康复,第二天就要归队。当天晚上,邢大爷准备了一桌还算丰盛的晚宴，一来祝他康复归队，二来，也是更主要的，是要把爱女邢向文向小机灵做个托付。等三人落坐，邢大爷端起早已斟满的酒杯，动情地说："小机灵，明天你就要离开我这寒舍，奔向打小日本的战场，今天我借这酒，向你说说我心中的两个想法。其一啊，这些年，我们受够了洋日军与匪霸的气，但自从有了你们共产党，老朽我才看到了我们中国的希望。本来。我也很想向武这个不成器的犬子能与你们一条心，但是啊，他也是一头犟牛，看来老朽是说不动他了。老朽只希望你们能同心抗日，等打跑了小日本，同胞兄弟之间，再也不要兵戎相见。"

"邢伯伯，你放心吧，我们一定同心协力，把日军赶出中国去。等打败了日军，我们一定会过上太平安稳的好日子。"

"其二啊，我知道你与向文的心思，你是一个行伍之人，军令如山，这我懂，但向文是我唯一的闺女，老朽的牵挂你也应该理解，等天下太平了，我希望你们好好安个家，听共产党的话。人生啊，不求大富大贵，只求平平安安。拜托你了，我先干为敬。"说完，一仰头，将杯中酒一饮而尽。

小机灵一见，赶紧也端起酒杯，一口喝干了杯中酒，然后，一手搂住邢向文，动情地说："邢伯伯，你的话，我会永远牢记在心的，你放心，我春伢子从小没爸没妈，是共产党哺育我成长，共产党的恩情我永远也不会忘。从今往后，我无论走到哪里，向文，永远是我唯一的爱人，等赶跑了日军，我一定尽快回来与你们团聚。"说完，他从贴身的口袋里掏出当初从军帽上摘下来的那颗红五星，双手捧给邢向文，说："向文，这是我在湘江战役中立了第一次军功后，首长给我的军帽上的红五星，这上面的鲜血，就是这一次平型关大战中我受伤后染上的。我现在别无他物，就把这颗染满了我鲜血的红五星送给你，作为我们爱情的信物，等抗战胜利了，我们就以这颗红五星为证，让它伴我俩白头偕老。"

这一餐晚饭，吃得是那么沉重，一言一语，一酒一物，都深深地烙刻在三个人的心中。

第二天，小机灵按时出发，邢向文是一送再送，临分手时，她一下子扑在小机灵的怀中，泣不成声。最后，她拿出一柄系着红缨绸带、刀刃锋利的匕首交给小机灵说："这把匕首，是我那个死心眼的哥哥向武给我的，说是正宗的德国造，他让我作为防身之物。我想，你要上战场了，这匕首对你更有用，我就把它送给你。这绸带上，是我昨晚连夜绣上去的我的名字'向文'两个字，希望你见到这两个字，就像见到了我，就会想到，我永远在等你。"

（五）锦州单挑敌魁首

一九四五年八月，日本帝国主义宣布无条件投降，抗日战争取得全面胜利，正当全国人民欢庆伟大胜利，期盼太平盛世到来之际，蒋介石集团突然背信弃义，公然撕毁了经过国共双方反复商议后签订的双十协定，于一九四六年六月，派三百四十多万兵力大举进攻我解放区根据地，全面内战就此爆发。此时，小机灵已升任某师副师长，那时，他早已改名邢胜利。最近，他接到一纸调令，带领所属部队开赴东北，伺机在东北与国民党军进行战略决战。其时，国民党军在东北的五十五万多兵员被分割、压缩在沈阳、长春和锦州三个互不相连的地区内。邢胜利所部主要参与攻打有着十多万守军的锦州。

一九四八年十月十四日，攻打锦州的会战发起总攻，邢胜利所部会同其他十六个师共二十五万指战员，以摧枯拉朽之势，不到三十个小时，就攻入号称固若金汤的锦州城。面对负隅顽抗的残敌，邢胜利身先士卒，一路冲在最前面。当来到一座洋房前，一股残敌挡住了前进的步伐，他们依托坚固的墙体，在做最后的挣扎。战士们提出用火炮炸平这个拦路虎，被邢胜利一口否决，他说，强大的火炮固然能一下摧毁这栋楼，但有可能伤及平民。所以，他拿起话筒，对着残敌高喊道："国民党兄弟们，你们早就被包围了，负隅顽抗只有死路一条，只有放下武器举手投降，才是唯一的出路，解放军优待俘房。"这时,只听小洋房里也传出了喊话:"别开枪别开枪,我们长官说了,要你们长官亲自出来与我们长官对话,我们才会投诚。"邢胜利一听,马上说:"我就是副师长邢胜利,你们的长官是谁,我可以与他当面对话。"对面随即又传出喊声:"我是少将师长邢向武,你有种就一个人过来,我们一对一单挑,你如果打败了我,我的兄弟们就全部缴械投降。"

一听是邢向武,邢胜利不由得一震,这真叫冤家路窄,这不是邢向文的哥哥吗?当初在邢家一别,至今已过了整整十年,想不到在抗日战场上没能携手战斗,在这锦州竟然狭路相逢了。

于是,他放开嗓子又大喊道:"想不到是邢向武兄,我就是当初你说要一枪毙了的小机灵,我们都十年没见了,念在十年前我在你家养伤的情分上,你还是乖乖出来投降吧,只要你弃暗投明,我一定……""废话少说,原来是你这个负心汉,你欺骗了我妹妹的感情,我妹妹受你的蒙骗,至今下落不明,今天在这里终于撞到了你,你有种就过来,我们一对一单挑,否则,我将引爆这洋房里的数十吨炸药,将这座城市全部夷为平地。"

一听洋房里有数十吨炸药,在场的人都不免紧张起来。就在众人不知如何处置时,只听邢胜利高声喊道:"好,作为军人,战死沙场也可算作不错的选择,双方都别开枪,就我们俩出来,就让我们学学古人,来个一对一决斗吧。"说着,邢胜利解下武装带,摘下手枪,拿起一把大刀,大步往前走去。身边的战士刚反应过来,邢胜利已站在了两军对峙的中间开阔地上。"副师长,小心有诈。"战士们全都高喊了起来。"放心吧,一个堂堂少将,再下三烂,我想也不至于没有一点军人应有的气度吧。"只见邢胜利横刀直立在一无遮拦的开阔地上,威风凛凛不怒自威。

这时,对面小洋房里突然冲出一个国民党军官,只见他手上握着一把上了一柄寒光闪闪带刺刀的美式步枪,直扑向邢胜利,战士们一看,心一下子提到嗓子眼上。须知,格斗场上兵器短一寸,危险增十分,用上了刺刀的步枪与手握大刀者决斗,明显占了三分优势。此时,对阵双方阵地上的官兵,都紧盯着俩人，空气也好像瞬间凝固了。

待到两个人一近身，邢向武"啊"的一声大喊，对准邢胜利的胸就是一刺刀，邢胜利一见，也大叫一声，举起大刀一刀劈了过去。那一刀劈得实在太凶猛，只听"当"的一声巨响，不仅把邢向武的步枪砸飞了出去，邢胜利的大刀竟也震脱了手，此时的邢向武像头发疯的公牛，一下子把邢胜利扑倒在地，俩人在地面上你上我下接连几个翻滚后，邢向武骑到了邢胜利的身上，只见他竟然伸手从腰间掏出一把手枪，"使诈！"解放军战士刚要大喊，只见邢胜利快速抽出一柄带红缨绸带的匕首，反手一刀，一下刺进了邢向武的胸膛。邢向武连一声都没哼，就双脚一蹬一命呜呼了。

此时的邢胜利一脚踹开邢向武，拔出刺入对方胸膛的匕首，像虚脱了似的，仰躺在地上。至此，大家一定都明白，这一把匕首，就是邢向文临别赠给他的，想不到邢向武送给妹妹的匕首，到头来竟然要了他自己的命。

主将一死，树倒猢狲散，小洋房里的残敌全部缴械投降了。

（六）一出话剧助重逢

锦州解放，辽沈战役大获全胜，部队将在东北休整一段时间。此时的邢胜利再一次想起了邢向文。抗战胜利后，他曾多次到她家乡寻访，得到的消息是，邢大爷因病已去世多年，邢向文为了寻找他，只身外出始终没有归来，他到处打听均杳无音信。这一次他与邢向武决斗之际，邢向武说他欺骗其妹妹的感情，致使其妹妹至今下落不明，似乎透露出邢向武也知道其妹妹不知去向这一信息。由此邢胜利进一步寻找心上人的念想再次燃起。但是，在那个战争年代，兵荒马乱，要在茫茫人海中，寻找一位普普通通的人，简直如大海捞针，尽管他想尽了所有的办法，始终没有一点音信。

其时，他在那里万般思念，邢向文也在苦苦寻找。当初，邢胜利伤愈离开后不久，日军对抗日根据地进行了清乡大扫荡。凡是与抗日武装有关联者,一旦落入日军之手,都将遭到残酷的迫害。像邢向文这样的家庭,兄长是国民党军官,她自己又是妇救会主任,加上收留救治过共产党的伤病员,在这种环境下,只要汉奸一告发,其后果是可想而知的。由此,她隐姓埋名,将邢向文的名字改成了程玉凤。

在地下党组织的帮助下,她离开了家乡,一路寻找小机灵。但是,由于小机灵是一个军人,四处辗转,可以说是居无定所,加上也改了姓名,邢向文从未找到一丁点线索。

后来,在他人的指点下,她千里迢迢来到了延安,一是投身革命,二是希望在延安这个中国革命的摇篮,能获得一点心上人的线索。其时,延安正在开展整风运动,当时更为重要的因素是敌特分子假借投身革命,不断渗透到中国共产党的政治中心。为此,对初入延安者,均须进行必要的甄别。面对邢向文这样没有任何人介绍,孤身一人来到延安者,审查就自然更为严格。

当她将自己的来龙去脉如实汇报后,因为缺少证人和旁证材料,组织上只能做必要的冷处理。因此,尽管她有较高的文化素养,也不可能将她分派到重要的岗位,暂且安排到救护所当了名普通的护士。

一天,救护所进来了一位负了伤的首长,在长期的护理中,首长发现她工作极其认真仔细,言谈举止得体,又有较高的文化素养,慢慢就对她产生了爱慕之情。

那天,她在护理过程中,首长在了解了她的大致情况后,说出了心中的想法,邢向文一听,当即说自己早有了婚约。首长以为她在搪塞,就穷追不舍反复询问男朋友是谁,人在何方。当她说出男朋友的名字叫小机灵后,不想首长哈哈大笑起来,他说:"小程啊,我看你啊,连撒个谎都不会,哪有人会把小机灵作为大名的,再说,在部队中,对聪明伶俐的小战士,叫什么机灵鬼啊,小机灵的啊多了去了,你说的这个男朋友,我看一定是子虚乌有。"

邢向文一听首长这样说,不免急了起来,急忙申辩说:"首长,我真的没有撒谎,他是叫小机灵,但还有个名字叫春伢子,我说的绝无假话,他还给了我一个信物,他说这个信物,要见证我们俩白头偕老。"

"什么?春伢子?还有信物?什么信物,快拿出来让我看看。"首长一听激动地说道。

"真的,我这就拿给你看。"说完,她从贴身的口袋里掏出折叠得方方整整的一个手帕,一层一层地掀开,最后拿出了一枚被鲜血浸透过的红五星。

"首长,这就是他给我的信物,他说那是在湘江战役中立了功,首长把自己头上戴的军帽奖给了他,后来部队改编成八路军,要换军装,他舍不得红军的军帽,就偷偷把军帽上的红五星拆了下来,一直放在贴身的口袋里。后来他左肩膀负了伤,是他的鲜血把这个红五星染得更红了。"邢向文只顾认真地解释着,丝毫没有发觉首长已经泪流满面。当她抬眼看到首长这副模样,不禁吓了一大跳,"首长,这都是真的,绝对没一句假话,你这是怎么啦?"

"哈哈哈哈,小机灵啊,原来果真是你啊。都快十几年了,想不到我还能见到这颗红五星。"

邢向文见首长一会儿哭一会儿笑,不知到底是何原因,一时竟待在那里张口结舌不知如何是好。

"小程啊,看来我是大水冲了龙王庙,冒昧了,万请你多多见谅了。"

"首长,这到底是怎么一回事啊?"邢向文满脸不解地问。

"说出来很简单,这颗红五星,其实本来就是我军帽上的。是我扣到小机灵的头上的,想不到,它竟然成了你俩见证爱情的信物了。"

原来,这位首长,就是当初血战湘江战役后,把帽子奖励给小机灵的那位首长。当他看到十多年前自己军帽上的那颗红五星,怎么抑制得了激动的心情。

根据首长的介绍,小机灵后来提了职,再后来又调到其他部队去了。他也与小机灵好多年没有联系了,不知他现在身处何方,但愿他还活跃在战争的第一线。

由于有这颗红五星的印证,加上首长的介绍,笼罩在邢向文头上的疑虑终于得以清除。考虑到她有良好的文学素养,组织上很快将她调入鲁艺剧团。

当时,鲁艺剧团人才济济,正值戏剧创作的高峰期,围绕这颗血染的红五星,剧作家们充满了敬意,经过反复讨论,不久,一部反映我军从弱小到强大发展历程的新编话剧《血染的红星》完成了创作,并得以公开上演。

这天,剧团接到通知,有一批参加高级干部轮训班的学员将观看这台演出,因为这批高级干部都是从在战斗第一线的部队中抽调来的首长,通知剧团高度重视,并要求剧团所有成员都准时出席,演出结束后,首长要与全体演职人员合影留念。

当天,剧场里座无虚席,演出一开始,气氛相当热烈,随着剧情的发展,这些身经百战的首长时而潸然泪下,时而笑声一片。等到演出结束,雷鸣般的掌声经久不息。当主持人要求首长们上台与演职人员合影时,所有在场的首长都拥上了舞台,一个个不停地与演员们握手,大家众口一词地夸奖剧团创作了一部难得一见的好戏。当依次站好位置准备拍照时,人们突然发现偌大的剧场中央,一位一身戎装的首长,端坐在座位上纹丝不动,脸上不停地流淌着晶莹的泪珠。一起来观看演出的那位在救护所疗伤的首长,突然大喊一声:"小机灵?是小机灵吗?"然后,只见他疾步奔下舞台,冲到他面前,屏息凝神好长一会儿,突然一把把他抱了起来,高声喊道:"果真是你这个小机灵啊,想不到马克思还没有请你去,你可把我想苦了!"说完他竟像孩子似的号啕大哭起来。

这一突如其来的变故,不禁令所有人都惊呆了,人们不知这究竟是怎么一回事。这时,在演职人员中间,一位中年妇女发疯似的从舞台上冲了下来,当她来到那位首长面前后,好像生怕把梦惊醒似的,低声地呓语着:"小机灵?春伢子?这不是梦吧?"然后一下晕了过去。

原来,那位独自端坐在观众席上不停流泪的首长,正是昔日那位小机灵,也就是《血染的红星》中男主角的原型。冲下台来的那位中年妇女,当然就是邢向文。等人们明白了一切,所有人都禁不住泪流满面。

尾　声

　　时间进入二〇一九年,在庆祝中华人民共和国成立七十周年的庆典活动上,让人最难忘的一幕是,一位一身戎装的老将军和一位满头银发的老太太,两只手共同高举着一枚红军时期留下来的红五星,深情地讲述着这枚被鲜血染红的红五星的故事,娓娓述说着中国共产党辉煌历程。后来,在国庆阅兵式上,当满载着众多开国将领的车队缓缓驶过天安门广场时,细心的人们发现,一位年近百岁的老将军,手中高举着一枚鲜艳的红五星。

（文/郁林兴）

后　记/

　　在历史长河里,每个时代都有波澜壮阔的生动画卷。我们身处中国特色社会主义新时代,今年又喜逢中国共产党百年华诞,拿起笔讴歌党、讴歌伟大时代,是我们广大文艺工作者的历史使命,也是时代赋予我们的责任。在这样的特殊背景下,绍兴市文学艺术界联合会携手绍兴市民间文艺家协会,组织举办首届绍兴新故事征文大赛,旨在鼓励新故事写作者,拿起手中的笔,弘扬主旋律,讴歌新时代,抒发绍兴人民在中国共产党领导下勤劳勇敢、开拓进取的精神,用讲故事的形式,生动展示绍兴城乡建设新风貌、经济发展新动能、人民生活新变化、社会文明新风尚!

　　民间文艺是根植生活的"活态"文化形式,讲好绍兴故事,既是传承文脉,也是宣传绍兴。讲故事曾经是街头巷尾的一道靓丽风景线,我们也不回避这个现实,在当今社会快速发展和娱乐多样性的冲击下,古老的讲故事形式正面临着严峻考验。现在,讲故事除了一些比赛活动和非物质文化遗产保护工作之外,已经极为鲜见。当一个事物面临式微时,客观对待、深刻思考、求新突围才是唯一的良方,注入新生活、新思维、新感官元素,是讲故事"突围"现状的一条出路。首届新故事大赛的另外一个重要任务就是求新发展,力图通过我们的努力,搭建平台,培养新故事作者群,鼓励新故事写作者踊跃创作,让这个古老的文艺形态薪火相传,在现代生活中重放异彩。

　　首届绍兴新故事征文大赛是市文联的"双年计划"之一,历时半年多,绍兴本土广大故事创作者踊跃参与。征文作者既有长期从事故事创作的老作者,也有从小说、诗歌、散文等其他文学样式创作中跨界而来的作家,更有刚走上创作之路的新人,作者年龄、职业覆盖面广泛,作品内容丰富。为提升故事质量,提高故事创作水平,主办方还特地聘请故事创作专家,组织征文作者开展了作品加工会,并对修改作品进行了认真评选,共评出一等奖八篇,二等奖十二篇,三等奖十八篇,并将部分优秀作品结集成《兰丛新放——首届绍兴新故事征文大赛优秀作品选》。

　　"兰丛新放"出自南宋爱国主义诗人陆游《数日不出门偶赋》一诗,表达了诗人报国之心永不停息、对新生充满追求的坚定和希望,也契合我们期待通过"求新",看到民间文艺文脉绵延的美好景象。比赛只是营造创作氛围的手段,旨在鼓励和繁荣民间文艺创作,而文本才是我们期待的真正果实。为了提高这本作品集的质量,从文化传播责任、价值观、文本要求等方面出发,在"首届绍兴新故事征文大赛"获奖作品中选了近三十篇作品,并特约包括中国民间文艺"山花奖"获得者在内的著名作家、优秀作者创作新故事,邀请了中国民间文艺家协会故事委员会副主任郁林兴老师为本书作序,充实、提高文本水准。

　　值此《兰丛新放——首届绍兴新故事征文大赛优秀作品选》出版之际,我们要向支持绍兴民间文艺事业的领导、专家、出版社和广大作者表示感谢,是大家的共同努力,才让这本书得以如期付梓。

　　我们谨代表绍兴民间文艺群体,向中国共产党成立一百周年献礼!

编委会

2021 年 6 月